Les petites filles modèles

Retrouvez la Comtesse de Ségur dans la Bibliothèque Rose

La trilogie de Fleurville :
Les malheurs de Sophie
Les petites filles modèles
Les vacances
Le Général Dourakine
François le bossu
L'auberge de l'ange-gardien
Diloy le cheminot
Le mauvais génie

TEXTE INTÉGRAL

Hachette Livre, 58, rue Jean Bleuzen, 92178 Vanves Cedex.

Comtesse de Ségur

née Rostopchine

Les petites filles modèles

Illustrations

Iris de Moüy

Mes petites filles modèles *ne sont pas une création ; elles existent bien réellement : ce sont des portraits ; la preuve en est dans leurs imperfections mêmes. Elles ont des défauts, des ombres légères qui font ressortir le charme du portrait et attestent l'existence du modèle. Camille et Madeleine sont une réalité dont peut s'assurer toute personne qui connaît l'auteur.*

COMTESSE DE SÉGUR,
née ROSTOPCHINE.

Chapitre 1

Camille et Madeleine

Mme de Fleurville était la mère de deux petites filles, bonnes, gentilles, aimables, et qui avaient l'une pour l'autre le plus tendre attachement. On voit souvent des frères et des sœurs se quereller, se contredire et venir se plaindre à leurs parents après s'être disputés de manière qu'il soit impossible de démêler de quel côté vient le premier tort. Jamais on n'entendait une discussion entre Camille et Madeleine. Tantôt l'une, tantôt l'autre cédait au désir exprimé par sa sœur.

Pourtant leurs goûts n'étaient pas exactement les mêmes. Camille, plus âgée d'un an que Madeleine, avait huit ans. Plus vive, plus étourdie, préférant les jeux bruyants aux jeux tranquilles, elle aimait à courir, à faire et à entendre du tapage. Jamais elle ne s'amusait autant que lorsqu'il y avait une grande réunion d'enfants, qui lui permettait de se livrer sans réserve à ses jeux favoris.

Madeleine préférait au contraire à tout ce joyeux tapage les soins qu'elle donnait à sa poupée et à celle de Camille, qui, sans Madeleine, eût risqué souvent de passer la nuit sur une chaise et de ne changer de linge et de robe que tous les trois ou quatre jours.

Mais la différence de leurs goûts n'empêchait pas leur parfaite union. Madeleine abandonnait avec plaisir son livre ou sa poupée dès que sa sœur exprimait le désir de se promener ou de courir ; Camille, de son côté, sacrifiait son amour pour la promenade et pour la chasse aux papillons dès que Madeleine témoignait l'envie de se livrer à des amusements plus calmes.

Elles étaient parfaitement heureuses, ces bonnes petites sœurs, et leur maman les aimait tendrement ; toutes les personnes qui les connaissaient les aimaient aussi et cherchaient à leur faire plaisir.

Chapitre 2

La promenade, l'accident

Un jour, Madeleine peignait sa poupée ; Camille lui présentait les peignes, rangeait les robes, les souliers, changeait de place les lits de poupée, transportait les armoires, les commodes, les chaises, les tables. Elle voulait, disait-elle, faire leur déménagement : car ces dames (les poupées) avaient changé de maison.

MADELEINE

Je t'assure, Camille, que les poupées étaient mieux logées dans leur ancienne maison ; il y avait bien plus de place pour leurs meubles.

CAMILLE

Oui, c'est vrai, Madeleine ; mais elles étaient ennuyées de leur vieille maison. Elles trouvent d'ailleurs qu'ayant une plus petite chambre elles y auront plus chaud.

MADELEINE

Oh ! quant à cela, elles se trompent bien, car elles sont près de la porte, qui leur donnera du vent, et leurs lits sont tout contre la fenêtre, qui ne leur donnera pas de chaleur non plus.

CAMILLE

Eh bien, quand elles auront demeuré quelque temps dans cette nouvelle maison, nous tâcherons de leur en trouver une plus commode. Du reste, cela ne te contrarie pas, Madeleine ?

MADELEINE

Oh ! pas du tout, Camille, surtout si cela te fait plaisir. »

Camille, ayant achevé le déménagement des poupées, proposa à Madeleine, qui avait fini de son côté de les coiffer et de les habiller, d'aller chercher leur bonne pour faire une longue promenade. Madeleine y consentit avec plaisir ; elles appelèrent donc Élisa.

« Ma bonne, lui dit Camille, voulez-vous venir vous promener avec nous ?

ÉLISA

Je ne demande pas mieux, mes petites ; de quel côté irons-nous ?

CAMILLE

Du côté de la grande route, pour voir passer les voitures ; veux-tu, Madeleine ?

MADELEINE

Certainement ; et, si nous voyons de pauvres femmes et de pauvres enfants, nous leur donnerons de l'argent. Je vais emporter cinq sous.

CAMILLE

Oh ! oui, tu as raison, Madeleine ; moi j'emporterai dix sous. »

Voilà les petites filles bien contentes ; elles courent devant leur bonne et arrivent à la barrière qui les séparait de la route ; en attendant le passage des voitures, elles s'amusent à cueillir des fleurs pour en faire des couronnes à leurs poupées.

« Ah ! j'entends une voiture, s'écrie Madeleine.

— Oui. Comme elle va vite ! Nous allons bientôt la voir.

— Écoute donc, Camille ; n'entends-tu pas crier ?

— Non, je n'entends que la voiture qui roule. »

Madeleine ne s'était pas trompée : car, au moment où Camille achevait de parler, on entendit bien distinctement des cris perçants, et, l'instant d'après, les petites filles et la bonne, qui étaient restées immobiles de frayeur, virent arriver une voiture attelée de trois chevaux de poste lancés ventre à terre, et que le postillon cherchait vainement à retenir.

Une dame et une petite fille de quatre ans, qui étaient dans la voiture, poussaient les cris qui avaient alarmé Camille et Madeleine.

À cent pas de la barrière, le postillon fut renversé de son siège, et la voiture lui passa sur le corps ; les chevaux, ne se sentant plus retenus ni dirigés, redoublèrent de vitesse et s'élancèrent vers un fossé très

profond, qui séparait la route d'un champ labouré. Arrivée en face de la barrière où étaient Camille, Madeleine et leur bonne, toutes trois pâles d'effroi, la voiture versa dans le fossé, les chevaux furent entraînés dans la chute ; on entendit un cri perçant, un gémissement plaintif, puis plus rien.

Quelques instants se passèrent avant que la bonne fût assez revenue de sa frayeur pour songer à secourir cette malheureuse dame et cette pauvre enfant, qui probablement avaient été tuées par la violence de la chute. Aucun cri ne se faisait plus entendre. Et le malheureux postillon, écrasé par la voiture, ne fallait-il pas aussi lui porter secours ?

Enfin, elle se hasarda à s'approcher de la voiture culbutée dans le fossé. Camille et Madeleine la suivirent en tremblant.

Un des chevaux avait été tué ; un autre avait la cuisse cassée et faisait des efforts impuissants pour se relever ; le troisième, étourdi et effrayé de sa chute, était haletant et ne bougeait pas.

« Je vais essayer d'ouvrir la portière, dit la bonne ; mais n'approchez pas, mes petites : si les chevaux se relevaient, ils pourraient vous tuer. »

Elle ouvre et voit la dame et l'enfant sans mouvement et couvertes de sang.

« Ah ! mon Dieu ! la pauvre dame et la petite fille sont mortes ou grièvement blessées. »

Camille et Madeleine pleuraient. Élisa, espérant encore que la mère et l'enfant n'étaient qu'évanouies, essaya de détacher la petite fille des bras de sa mère, qui la tenait fortement serrée contre sa poitrine ; après quelques efforts, elle parvient à dégager l'enfant, qu'elle retire pâle et sanglante. Ne voulant pas la poser sur la

terre humide, elle demande aux deux sœurs si elles auront la force et le courage d'emporter la pauvre petite jusqu'au banc qui est de l'autre côté de la barrière.

« Oh ! oui, ma bonne, dit Camille ; donnez-la-nous, nous pourrons la porter, nous la porterons. Pauvre petite, elle est couverte de sang ; mais elle n'est pas morte, j'en suis sûre. Oh ! non, non, elle ne l'est pas. Donnez, donnez, ma bonne. Madeleine, aide-moi.

— Je ne peux pas, Camille, répondit Madeleine d'une voix faible et tremblante. Ce sang, cette pauvre mère morte, cette pauvre petite morte aussi, je crois, m'ôtent la force nécessaire pour t'aider. Je ne puis... que pleurer.

— Je l'emporterai donc seule, dit Camille. J'en aurai la force, car il le faut, le bon Dieu m'aidera. »

En disant ces mots, elle relève la petite, la prend dans ses bras et, malgré ce poids trop lourd pour ses forces et son âge, elle cherche à gravir le fossé ; mais son pied glisse, ses bras vont laisser échapper son fardeau, lorsque Madeleine, surmontant sa frayeur et sa répugnance, s'élance au secours de sa sœur et l'aide à porter l'enfant ; elles arrivent au haut du fossé, traversent la route et vont tomber épuisées sur le banc que leur avait indiqué Élisa.

Camille étend la petite fille sur ses genoux ; Madeleine apporte de l'eau qu'elle a été chercher dans un fossé ; Camille lave et essuie avec son mouchoir le sang qui inonde le visage de l'enfant, et ne peut retenir un cri de joie lorsqu'elle voit que la pauvre petite n'a pas de blessure.

« Madeleine, ma bonne, venez vite ; la petite fille n'est pas blessée... elle vit ! elle vit... elle vient de

pousser un soupir... Oui, elle respire, elle ouvre les yeux. »

Madeleine accourt ; l'enfant venait en effet de reprendre connaissance. Elle regarde autour d'elle d'un air effrayé.

« Maman ! dit-elle, maman ! je veux voir maman !

— Ta maman va venir, ma bonne petite, répond Camille en l'embrassant. Ne pleure pas ; reste avec moi et avec ma sœur Madeleine.

— Non, non, je veux voir maman ; ces méchants chevaux ont emporté maman.

— Les méchants chevaux sont tombés dans un grand trou ; ils n'ont pas emporté ta maman, je t'assure. Tiens, vois-tu ? Voilà ma bonne Élisa ; elle apporte ta maman qui dort. »

La bonne, aidée de deux hommes qui passaient sur la route, avait retiré de la voiture la mère de la petite fille. Elle ne donnait aucun signe de vie ; elle avait à la tête une large blessure ; son visage, son cou, ses bras étaient inondés de sang. Pourtant, son cœur battait encore ; elle n'était pas morte.

La bonne envoya l'un des hommes qui l'avaient aidée avertir bien vite Mme de Fleurville d'envoyer du monde pour transporter au château la dame et l'enfant, relever le postillon, qui restait étendu sur la route, et dételer les chevaux qui continuaient à se débattre et à ruer contre la voiture.

L'homme part. Un quart d'heure après, Mme de Fleurville arrive elle-même avec plusieurs domestiques et une voiture, dans laquelle on dépose la dame. On secourt le postillon, on relève la voiture versée dans le fossé.

La petite fille, pendant ce temps, s'était entièrement

remise : elle n'avait aucune blessure ; son évanouissement n'avait été causé que par la peur et la secousse de la chute.

De crainte qu'elle ne s'effrayât à la vue du sang qui coulait toujours de la blessure de sa mère, Camille et Madeleine demandèrent à leur maman de la ramener à pied avec elles. La petite, habituée déjà aux deux sœurs, qui la comblaient de caresses, croyant sa mère endormie, consentit avec plaisir à faire la course à pied.

Tout en marchant, Camille et Madeleine causaient avec elle.

MADELEINE

Comment t'appelles-tu, ma chère petite ?

MARGUERITE

Je m'appelle Marguerite.

CAMILLE

Et comment s'appelle ta maman ?

MARGUERITE

Ma maman s'appelle maman.

CAMILLE

Mais son nom ? Elle a un nom, ta maman ?

MARGUERITE

Oh ! oui, elle s'appelle maman.

MADELEINE, *riant.*

Mais les domestiques ne l'appellent pas maman ?

MARGUERITE

Ils l'appellent madame.

MADELEINE

Mais, madame qui ?

MARGUERITE

Non, non. Pas madame qui : seulement madame.

CAMILLE

Laisse-la, Madeleine ; tu vois bien qu'elle est trop petite ; elle ne sait pas. Dis-moi, Marguerite, où allais-tu avec ces méchants chevaux qui t'ont fait tomber dans le trou ?

MARGUERITE

J'allais voir ma tante ; je n'aime pas ma tante ; elle est méchante, elle gronde toujours. J'aime mieux rester avec maman... et avec vous », ajouta-t-elle en baisant la main de Camille et de Madeleine.

Camille et Madeleine embrassèrent la petite Marguerite.

MARGUERITE

Comment vous appelle-t-on ?

CAMILLE

Moi, je m'appelle Camille, et ma sœur s'appelle Madeleine.

MARGUERITE

Eh bien, vous serez mes petites mamans. Maman Camille et maman Madeleine. »

Tout en causant, elles étaient arrivées au château. Mme de Fleurville s'était empressée d'envoyer chercher un médecin et avait fait coucher Mme de Rosbourg dans un bon lit. Son nom était gravé sur une cassette qui se trouvait dans sa voiture, et sur les malles attachées derrière. On avait bandé sa blessure pour arrêter le sang, et elle reprenait connaissance par degrés. Au bout d'une demi-heure, elle demanda sa fille, qu'on lui amena.

Marguerite entra bien doucement, car on lui avait dit que sa maman était malade. Camille et Madeleine l'accompagnaient.

« Pauvre maman, dit-elle en entrant, vous avez mal à la tête ?

— Oui, mon enfant, bien mal.

— Je veux rester avec vous, maman.

— Non, ma chère petite ; embrasse-moi seulement, et puis tu t'en iras avec ces bonnes petites filles ; je vois à leur physionomie qu'elles sont bien bonnes.

— Oh ! oui, maman, bien bonnes ; Camille m'a donné sa poupée ; une bien jolie poupée ;... et Madeleine m'a fait manger une tartine de confitures. »

Mme de Rosbourg sourit de la joie de la petite Marguerite, qui allait parler encore, lorsque Mme de Fleurville, trouvant que la malade s'était déjà trop agi-

tée, conseilla à Marguerite d'aller jouer avec ses deux petites mamans, pour que sa grande maman pût dormir.

Marguerite, après avoir embrassé Mme de Rosbourg, sortit avec Camille et Madeleine.

Chapitre 3

Marguerite

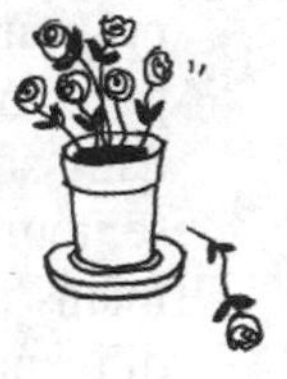

MADELEINE

Prends tout ce que tu voudras, ma chère Marguerite ; amuse-toi avec nos joujoux.

MARGUERITE

Oh ! les belles poupées ! En voilà une aussi grande que moi... En voilà encore deux bien jolies !... Ah ! cette grande qui est couchée dans un beau petit lit ! elle est malade comme pauvre maman... Oh ! le beau petit chien ! comme il a de beaux cheveux ! on dirait qu'il est vivant. Et le joli petit âne... Oh ! les belles petites assiettes ! des tasses, des cuillers, des fourchettes ! et des couteaux aussi ! Un petit huilier, des salières ! Ah ! la jolie petite diligence !... Et cette petite commode pleine de robes, de bonnets, de bas, de chemises aux poupées !... Comme c'est bien rangé !... Les jolis petits livres ! Quelle quantité d'images ! il y en a plein l'armoire ! »

Camille et Madeleine riaient de voir Marguerite courir d'un jouet à l'autre, ne sachant lequel prendre, ne pouvant tout tenir ni tout regarder à la fois, en poser un, puis le reprendre, puis le laisser encore, et, dans son indécision, rester au milieu de la chambre, se tournant à droite, à gauche, sautant, battant des mains de joie et d'admiration. Enfin elle prit la petite diligence attelée de quatre chevaux, et elle demanda à Camille et à Madeleine de sortir avec elles pour mener la voiture dans le jardin.

Elles se mirent toutes trois à courir dans les allées et sur l'herbe ; après quelques tours, la diligence versa. Tous les voyageurs qui étaient dedans se trouvèrent culbutés les uns sur les autres ; une glace de la portière était cassée.

« Ah ! mon Dieu, mon Dieu ! s'écria Marguerite en pleurant, j'ai cassé votre voiture, Camille. J'en suis bien fâchée ; bien sûr, je ne le ferai plus.

CAMILLE

Ne pleure pas, ma petite Marguerite, ce ne sera rien. Nous allons ouvrir la portière, rasseoir les voyageurs à leurs places, et je demanderai à maman de faire mettre une autre glace.

MARGUERITE

Mais si les voyageurs ont mal à la tête, comme maman ?

MADELEINE

Non, non, ils ont la tête trop dure. Tiens, vois-tu, les voilà tous remis, et ils se portent à merveille.

Tant mieux ! J'avais peur de vous faire de la peine. »

La diligence relevée, Marguerite continua à la traîner, mais avec plus de précaution, car elle avait un très bon cœur, et elle aurait été bien fâchée de faire de la peine à ses petites amies.

Elles rentrèrent au bout d'une heure pour dîner et couchèrent ensuite la petite Marguerite, qui était très fatiguée.

Chapitre 4

Réunion sans séparation

Pendant que les enfants jouaient, le médecin était venu voir Mme de Rosbourg : il ne trouva pas la blessure dangereuse, et il jugea que la quantité de sang qu'elle avait perdu rendait une saignée inutile et empêcherait l'inflammation. Il mit sur la blessure un certain onguent de colimaçons, recouvrit le tout de feuilles de laitue qu'on devait changer toutes les heures, recommanda la plus grande tranquillité, et promit de revenir le lendemain.

Marguerite venait voir sa mère plusieurs fois par jour ; mais elle ne restait pas longtemps dans la chambre, car sa vivacité et son babillage agitaient Mme de Rosbourg tout en l'amusant. Sur un coup d'œil de Mme de Fleurville, qui ne quittait presque pas le chevet de la malade, les deux sœurs emmenaient leur petite protégée.

Les soins attentifs de Mme de Fleurville remplirent de reconnaissance et de tendresse le cœur de Mme de

Rosbourg ; pendant sa convalescence elle exprimait souvent le regret de quitter une personne qui l'avait traitée avec tant d'amitié.

« Et pourquoi donc me quitteriez-vous, chère amie ? dit un jour Mme de Fleurville. Pourquoi ne vivrions-nous pas ensemble ? Votre petite Marguerite est parfaitement heureuse avec Camille et Madeleine, qui seraient désolées, je vous assure, d'être séparées de Marguerite ; je serai enchantée si vous me promettez de ne pas me quitter.

MADAME DE ROSBOURG

Mais ne serait-ce pas bien indiscret aux yeux de votre famille ?

MADAME DE FLEURVILLE

Nullement. Je vis dans un grand isolement depuis la mort de mon mari. Je vous ai raconté sa fin cruelle dans un combat contre les Arabes, il y a six ans. Depuis, j'ai toujours vécu à la campagne. Vous n'avez pas de mari non plus, puisque vous n'avez reçu aucune nouvelle du vôtre depuis le naufrage du vaisseau sur lequel il s'était embarqué.

MADAME DE ROSBOURG

Hélas ! oui ; il a sans doute péri avec ce fatal vaisseau : car depuis deux ans, malgré toutes les recherches de mon frère, le marin qui a presque fait le tour du monde, nous n'avons pu découvrir aucune trace de mon pauvre mari, ni d'aucune des personnes qui l'accompagnaient. Eh bien, puisque vous me pressez si amicalement de rester ici, je consens volontiers

à ne faire qu'un ménage avec vous et à laisser ma petite Marguerite sous la garde de ses deux bonnes et aimables amies.

MADAME DE FLEURVILLE

Ainsi donc, chère amie, c'est une chose décidée ?

MADAME DE ROSBOURG

Oui, puisque vous le voulez bien ; nous demeurerons ensemble.

MADAME DE FLEURVILLE

Que vous êtes bonne d'avoir cédé si promptement à mes désirs, chère amie ! je vais porter cette heureuse nouvelle à mes filles ; elles en seront enchantées. »

Mme de Fleurville entra dans la chambre où Camille et Madeleine prenaient leurs leçons bien attentivement, pendant que Marguerite s'amusait avec les poupées et leur racontait des histoires tout bas, pour ne pas empêcher ses deux amies de bien s'appliquer.

MADAME DE FLEURVILLE

Mes petites filles, je viens vous annoncer une nouvelle qui vous fera grand plaisir. Mme de Rosbourg et Marguerite ne nous quitteront pas, comme nous le craignions.

CAMILLE

Comment ! maman, elles resteront toujours avec nous ?

Oui, toujours, ma fille, Mme de Rosbourg me l'a promis.

— Oh ! quel bonheur ! dirent les trois enfants à la fois.

Marguerite courut embrasser Mme de Fleurville, qui, après lui avoir rendu ses caresses, dit à Camille et à Madeleine :

« Mes chères enfants, si vous voulez me rendre toujours heureuse comme vous l'avez fait jusqu'ici, il faut redoubler encore d'application au travail, d'obéissance à mes ordres et de complaisance entre vous. Marguerite est plus jeune que vous. C'est vous qui serez chargées de son éducation, sous la direction de sa maman et de moi. Pour la rendre bonne et sage, il faut lui donner toujours de bons conseils et surtout de bons exemples.

CAMILLE

Oh ! ma chère maman, soyez tranquille ; nous élèverons Marguerite aussi bien que vous nous élevez. Je lui montrerai à lire, à écrire ; et Madeleine lui apprendra à travailler, à tout arranger, à tout mettre en ordre ; n'est-ce pas, Madeleine ?

MADELEINE

Oui, certainement ; d'ailleurs, elle est si gentille, si douce, qu'elle ne nous donnera pas beaucoup de peine.

— Je serai toujours bien sage, reprit Marguerite en embrassant tantôt Camille, tantôt Madeleine. Je vous

écouterai et je chercherai toujours à vous faire plaisir.

CAMILLE

Eh bien, ma petite Marguerite, puisque tu veux être bien sage, fais-moi l'amitié d'aller te promener pendant une heure, comme je te l'ai déjà dit. Depuis que nous avons commencé nos leçons, tu n'es pas sortie ; si tu restes toujours assise, tu perdras tes couleurs et tu deviendras malade.

MARGUERITE

Oh ! Camille, je t'en prie, laisse-moi avec toi ! Je t'aime tant ! »

Camille allait céder, mais Madeleine pressentit la faiblesse de sa sœur : elle prévit tout de suite qu'en cédant une fois à Marguerite il faudrait lui céder toujours et qu'elle finirait par ne faire jamais que ses volontés. Elle prit donc Marguerite par la main, et, ouvrant la porte, elle lui dit :

« Ma chère Marguerite, Camille t'a déjà dit deux fois d'aller te promener ; tu demandes toujours à rester encore un instant. Camille a la bonté de t'écouter ; mais cette fois nous *voulons* que tu sortes. Ainsi, pour être sage, comme tu nous le promettais tout à l'heure, il faut te montrer obéissante. Va, ma petite ; dans une heure, tu reviendras. »

Marguerite regarda Camille d'un air suppliant, mais Camille, qui sentait bien que sa sœur avait raison, n'osa pas lever les yeux, de crainte de se laisser attendrir. Marguerite, voyant qu'il fallait se soumettre, sortit lentement et descendit dans le jardin.

Mme de Fleurville avait écouté, sans mot dire, cette petite scène ; elle s'approcha de Madeleine et l'embrassa tendrement. « Bien ! Madeleine, lui dit-elle. Et toi, Camille, courage ; fais comme ta sœur. » Puis elle sortit.

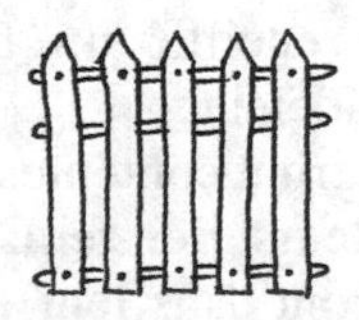

Chapitre 5

Les fleurs cueillies et remplacées

« Mon Dieu ! mon Dieu ! que je m'ennuie toute seule ! pensa Marguerite après avoir marché un quart d'heure. Pourquoi donc Madeleine m'a-t-elle forcée de sortir ?... Camille voulait bien me garder, je l'ai bien vu !... Quand je suis seule avec Camille, elle me laisse faire tout ce que je veux... Comme je l'aime, Camille !... J'aime beaucoup Madeleine aussi ; mais... je m'amuse davantage avec Camille. Qu'est-ce que je vais faire pour m'amuser ?... Ah ! j'ai une bonne idée : je vais nettoyer et balayer leur petit jardin. »

Elle courut vers le jardin de Camille et de Madeleine, le nettoya, balaya les feuilles tombées et se mit ensuite à examiner toutes les fleurs. Tout à coup, l'idée lui vint de cueillir un beau bouquet pour Camille et pour Madeleine.

« Comme elles seront contentes ! se dit-elle. Je vais prendre toutes les fleurs, j'en ferai un magnifique bouquet : elles le mettront dans leur chambre, qui sentira bien bon ! »

Voilà Marguerite enchantée de son idée ; elle cueille œillets, giroflées, marguerites, roses, dahlias, réséda, jasmin, enfin tout ce qui se trouvait dans le jardin. Elle jetait les fleurs à mesure dans son tablier dont elle avait relevé les coins, les entassait tant qu'elle pouvait et ne leur laissait presque pas de queue.

Quand elle eut tout cueilli, elle courut à la maison, entra précipitamment dans la chambre où travaillaient encore Camille et Madeleine, et, courant à elles d'un air radieux :

« Tenez, Camille, tenez, Madeleine, regardez ce que je vous apporte, comme c'est beau ! »

Et, ouvrant son tablier, elle leur fit voir toutes ces fleurs fripées, fanées, écrasées.

« J'ai cueilli tout cela pour vous, leur dit-elle : nous les mettrons dans notre chambre, pour qu'elle sente bon ! »

Camille et Madeleine se regardèrent en souriant. La gaieté les gagna à la vue de ces paquets de fleurs flétries et de l'air triomphant de Marguerite ; enfin, elles se mirent à rire aux éclats en voyant la figure rouge, déconcertée et mortifiée de Marguerite. La pauvre petite avait laissé tomber les fleurs par terre ; elle restait immobile, la bouche ouverte, et regardait rire Camille et Madeleine.

Enfin, Camille put parler.

« Où as-tu cueilli ces belles fleurs, Marguerite ?

— Dans votre jardin.

— Dans notre jardin ! s'écrièrent à la fois les deux sœurs, qui n'avaient plus envie de rire. Comment ! tout cela dans notre jardin ?

— Tout, tout, même les boutons. »

Camille et Madeleine se regardèrent d'un air consterné et douloureux. Marguerite, sans le vouloir, leur causait un grand chagrin. Elles réservaient toutes ces fleurs pour offrir un bouquet à leur maman le jour de sa fête, qui avait lieu le surlendemain, et voilà qu'il n'en restait plus une seule ! Pourtant ni l'une ni l'autre n'eut le courage de gronder la pauvre Marguerite, qui arrivait si joyeuse et qui avait cru leur causer une si agréable surprise.

Marguerite, étonnée de ne pas recevoir les remerciements et les baisers auxquels elle s'attendait, regarda attentivement les deux sœurs et, lisant leur chagrin sur leurs figures consternées, elle comprit vaguement qu'elle avait fait quelque chose de mal, et se mit à pleurer.

Madeleine rompit enfin le silence.

« Ma petite Marguerite, nous t'avons dit bien des fois de ne toucher à rien sans en demander la permission. Tu as cueilli nos fleurs et tu nous as fait de la peine. Nous voulions donner après-demain à maman, pour sa fête, un beau bouquet de fleurs plantées et arrosées par nous. Maintenant, par ta faute, nous n'avons plus rien à lui donner. »

Les pleurs de Marguerite redoublèrent.

« Nous ne te grondons pas, reprit Camille, parce que nous savons que tu ne l'as pas fait par méchanceté ; mais tu vois comme c'est vilain de ne pas nous écouter. »

Marguerite sanglotait.

« Console-toi, ma petite Marguerite, dit Madeleine en l'embrassant ; tu vois bien que nous ne sommes pas fâchées contre toi.

— Parce que... vous... êtes... trop bonnes..., dit

Marguerite, qui suffoquait ; mais... vous... êtes... tristes... Cela... me... fait de la... peine... Pardon... pardon.... Camille... Madeleine... Je ne... le... ferai plus..., bien sûr. »

Camille et Madeleine, touchées du chagrin de Marguerite, l'embrassèrent et la consolèrent de leur mieux. À ce moment, Mme de Rosbourg entra ; elle s'arrêta, étonnée en voyant les yeux rouges et la figure gonflée de sa fille.

« Marguerite ! qu'as-tu, mon enfant ? Serais-tu méchante, par hasard ?

— Oh ! non, madame, répondit Madeleine ; nous la consolons.

MADAME DE ROSBOURG

De quoi la consolez-vous, chères petites ?

MADELEINE

De..., de... »

Madeleine rougit et s'arrêta.

« Madame, reprit Camille, nous la consolons, nous... nous... l'embrassons... parce que..., parce que... »

Elle rougit et se tut à son tour.

La surprise de Mme de Rosbourg augmentait.

MADAME DE ROSBOURG

Marguerite, dis-moi toi-même pourquoi tu pleures et pourquoi tes amies te consolent.

— Oh ! maman, chère maman, s'écria Marguerite en se jetant dans les bras de sa mère, j'ai été bien méchante ; j'ai fait de la peine à mes amies, mais

c'était sans le vouloir. J'ai cueilli toutes les fleurs de leur jardin ; elles n'ont plus rien à donner à leur maman pour sa fête, et, au lieu de me gronder, elles m'embrassent. Mon Dieu ! mon Dieu ! que j'ai de chagrin !

— Tu fais bien de m'avouer tes sottises, ma chère enfant, je tâcherai de les réparer. Tes petites amies sont bien bonnes de ne pas t'en vouloir. Sois indulgente et douce comme elles, chère petite, tu seras aimée comme elles et tu seras bénie de Dieu et de ta maman. »

Mme de Rosbourg embrassa Camille, Madeleine et Marguerite d'un air attendri, quitta la chambre, sonna son domestique et demanda immédiatement sa voiture.

Une demi-heure après, la calèche de Mme de Rosbourg était prête. Elle y monta et se fit conduire à la ville de Moulins, qui n'était qu'à cinq kilomètres de la maison de campagne de Mme de Fleurville.

Elle descendit chez un marchand de fleurs et choisit les plus belles et les plus jolies.

« Ayez la complaisance, monsieur, dit-elle au marchand, de m'apporter vous-même tous ces pots de fleurs chez Mme de Fleurville. Je vous ferai indiquer la place où ils doivent être plantés, et vous surveillerez ce travail. Je désire que ce soit fait la nuit, pour ménager une surprise aux petites de Fleurville.

— Madame peut être tranquille ; tout sera fait selon ses ordres. Au soleil couchant, je chargerai sur une charrette les fleurs que madame a choisies, et je me conformerai aux ordres de madame.

— Combien vous devrai-je, monsieur, pour les fleurs et la plantation ?

— Ce sera quarante francs, madame ; il y a

soixante plantes avec leurs pots, et de plus le travail. Madame ne trouve pas que ce soit trop cher ?

— Non, non, c'est très bien ; les quarante francs vous seront remis aussitôt votre ouvrage terminé. »

Mme de Rosbourg remonta en voiture et retourna au château de Fleurville (c'était le nom de la terre de Mme de Fleurville). Elle donna ordre à son domestique d'attendre le marchand à l'entrée de la nuit et de lui faire planter les fleurs dans le petit jardin de Camille et de Madeleine. Son absence avait été si courte que ni Mme de Fleurville ni les enfants ne s'en étaient aperçues.

À peine Mme de Rosbourg avait-elle quitté les petites, que toutes trois se dirigèrent vers leur jardin.

« Peut-être, pensait Camille, restait-il encore quelques fleurs oubliées, seulement de quoi faire un tout petit bouquet. »

Hélas ! il n'y avait rien : tout était cueilli. Camille et Madeleine regardaient tristement et en silence leur jardin vide. Marguerite avait bien envie de pleurer.

« C'est fait, dit enfin Madeleine ; il n'y a pas de remède. Nous tâcherons d'avoir quelques plantes nouvelles, qui fleuriront plus tard.

MARGUERITE

Prenez tout mon argent pour en acheter, Madeleine ; j'ai quatre francs !

MADELEINE

Merci, ma chère petite, il vaut mieux garder ton argent pour les pauvres.

MARGUERITE

Mais si vous n'avez pas assez d'argent, Madeleine, vous prendrez le mien, n'est-ce pas ?

MADELEINE

Oui, oui, ma bonne petite, sois sans inquiétude, ne pensons plus à tout cela et préparons notre jardin pour y replanter de nouvelles fleurs. »

Les trois petites se mirent à l'ouvrage ; Marguerite fut chargée d'arracher les vieilles tiges et de les brouetter dans le bois. Camille et Madeleine bêchèrent avec ardeur ; elles suaient à grosses gouttes toutes les trois quand Mme de Rosbourg, revenue de sa course, les rejoignit au jardin.

« Oh ! les bonnes ouvrières ! s'écria-t-elle. Voilà un jardin bien bêché ! Les fleurs y pousseront toutes seules, j'en suis sûre.

— Nous en aurons bientôt, madame, vous verrez.

— Je n'en doute pas, car le bon Dieu récompensera toujours les bonnes petites filles comme vous. »

La besogne était finie ; Camille, Madeleine et Marguerite eurent soin de ranger leurs outils et jouèrent pendant une heure dans l'herbe et dans le bois. Alors la cloche sonna le dîner, et chacun rentra.

Le lendemain, après déjeuner, les enfants allèrent à leur petit jardin pour achever de le nettoyer.

Camille courait en avant. Le jardin lui apparut plein de fleurs mille fois plus belles et plus nombreuses que celles qui y étaient la veille. Elle s'arrêta stupéfaite ; elle ne comprenait pas.

Madeleine et Marguerite arrivèrent à leur tour, et

toutes trois restèrent muettes de surprise et de joie devant ces fleurs si fraîches, si variées, si jolies.

Enfin, un cri général témoigna de leur bonheur ; elles se précipitèrent dans le jardin, sentant une fleur, en caressant une autre, les admirant toutes, folles de joie, mais ne comprenant toujours pas comment ces fleurs avaient poussé et fleuri en une nuit, et ne devinant pas qui les avait apportées.

« C'est le bon Dieu, dit Camille.

— Non, c'est plutôt la Sainte Vierge, dit Madeleine.

— Je crois que ce sont nos petits anges », reprit Marguerite.

Mme de Fleurville arrivait avec Mme de Rosbourg.

« Voici l'ange qui a fait pousser vos fleurs, dit Mme de Fleurville en montrant Mme de Rosbourg. Votre douceur et votre bonté l'ont touchée ; elle a été acheter tout cela à Moulins, pendant que vous vous mettiez en nage pour réparer le mal causé par Marguerite. »

On peut juger du bonheur et de la reconnaissance des trois enfants. Marguerite était peut-être plus heureuse que Camille et Madeleine, car le chagrin qu'elle avait fait à ses amies pesait sur son cœur.

Le lendemain, toutes les trois offrirent un bouquet composé de leurs plus belles fleurs, non seulement à Mme de Fleurville pour sa fête, mais aussi à Mme de Rosbourg, comme témoignage de leur reconnaissance.

Chapitre 6

Un an après. Le chien enragé

Un jour, Marguerite, Camille et Madeleine jouaient devant la maison, sous un grand sapin. Un grand chien noir qui s'appelait Calino, et qui appartenait au garde, était couché près d'elles.

Marguerite cherchait à lui mettre au cou une couronne de pâquerettes que Camille venait de terminer. Quand la couronne était à moitié passée, le chien secouait la tête, la couronne tombait, et Marguerite le grondait.

« Méchant Calino, veux-tu te tenir tranquille ! si tu recommences, je te donnerai une tape. »

Et elle ramassait la couronne.

« Baisse la tête, Calino. »

Calino obéissait d'un air indifférent.

Marguerite passait avec effort la couronne à moitié. Calino donnait un coup de tête : la couronne tombait encore.

« Mauvaise bête ! entêté, désobéissant ! » dit Marguerite en lui donnant une petite tape sur la tête.

Au même moment, un chien jaune, qui s'était approché sans bruit, donna un coup de dent à Calino. Marguerite voulut le chasser : le chien jaune se jeta sur elle et lui mordit la main ; puis il continua son chemin la queue entre les jambes, la tête basse, la langue pendante. Marguerite poussa un petit cri ; puis, voyant du sang à sa main, elle pleura.

Camille et Madeleine s'étaient levées précipitamment au cri de Marguerite. Camille suivit des yeux le chien jaune ; elle dit quelques mots tout bas à Madeleine, puis elle courut chez Mme de Fleurville.

« Maman, lui dit-elle tout bas, Marguerite a été mordue par un chien enragé.

— Comment sais-tu que le chien est enragé ?

— Je l'ai bien vu, maman, à sa queue traînante, à sa tête basse, à sa langue pendante, à sa démarche trottinante ; et puis il a mordu Calino et Marguerite sans aboiement, sans bruit ; et Calino, au lieu de se défendre ou de crier, s'est étendu à terre sans bouger.

— Tu as raison, Camille ! Quel malheur, mon Dieu ! Lavons bien vite les morsures dans l'eau fraîche, ensuite dans l'eau salée.

— Madeleine l'a menée dans la cuisine, maman. Mais que faire ? »

Mme de Fleurville, pour toute réponse, alla avec Camille trouver Marguerite ; elle regarda la morsure et vit un petit trou peu profond qui ne saignait plus.

« Vite, Rosalie (c'était la cuisinière), un seau d'eau fraîche ! Donne-moi ta main, Marguerite ! Trempe-la dans le seau. Trempe encore, encore ; remue-la bien. Donne-moi une forte poignée de sel, Camille... bien... Mets-le dans un peu d'eau... Trempe ta main dans l'eau salée, chère Marguerite.

— J'ai peur que le sel ne me pique, dit Marguerite en pleurant.

— Non, n'aie pas peur : ce ne sera pas grand-chose. Mais, quand même cela te piquerait, il faut te tremper la main, sans quoi tu serais très malade. »

Pendant dix minutes, Mme de Fleurville obligea Marguerite à tenir sa main dans l'eau salée. S'apercevant de la frayeur de la pauvre enfant, qui contenait difficilement ses larmes, elle l'embrassa et lui dit :

« Ne t'effraie pas, ma petite Marguerite ; ce ne sera rien, je pense. Tous les jours, matin et soir, tu tremperas ta main dans l'eau salée pendant un quart d'heure ; tous les jours, tu mangeras deux fortes pincées de sel et une petite gousse d'ail. Dans huit jours, ce sera fini.

— Maman, dit Camille, n'en parlons pas à Mme de Rosbourg, elle serait trop inquiète.

— Tu as raison, chère enfant, dit Mme de Fleurville en l'embrassant. Nous le lui raconterons dans un mois. »

Camille et Madeleine recommandèrent bien à Marguerite de ne rien dire à sa maman, pour ne pas la tourmenter. Marguerite, qui était obéissante et qui n'était pas bavarde, n'en dit pas un mot. Pendant huit jours, elle fit exactement ce que lui avait ordonné Mme de Fleurville ; au bout de trois jours, sa petite main était guérie.

Après un mois, quand tout danger fut passé, Marguerite dit un jour à sa maman :

« Maman, chère maman, vous ne savez pas que votre pauvre Marguerite a manqué mourir.

— Mourir, mon amour ! dit la maman en riant. Tu n'as pas l'air bien malade.

— Tenez, maman, regardez ma main. Voyez-vous cette toute petite tache rouge ?

— Oui, je vois bien ; c'est un cousin qui t'a piquée !

— C'est un chien enragé qui m'a mordue. »

Mme de Rosbourg poussa un cri étouffé, pâlit et demanda d'une voix tremblante :

« Qui t'a dit que le chien était enragé ? Pourquoi ne me l'as-tu pas dit tout de suite ?

— Mme de Fleurville m'a recommandé de faire bien exactement ce qu'elle avait dit, sans quoi je deviendrais enragée et je mourrais. Elle m'a défendu de vous en parler avant un mois, chère maman, pour ne pas vous faire peur.

— Et qu'a-t-on fait pour te guérir, ma pauvre petite ? Est-ce qu'on a appliqué un fer rouge sur la morsure ?

— Non, maman, pas du tout, Mme de Fleurville, Camille et Madeleine m'ont tout de suite lavé la main à grande eau dans un seau, puis elles me l'ont fait tremper dans de l'eau salée, longtemps, longtemps ; elles m'ont fait faire cela tous les matins et tous les soirs, pendant une semaine, et m'ont fait manger, tous les jours, deux pincées de sel et de l'ail. »

Mme de Rosbourg embrassa Marguerite avec une vive émotion et courut chercher Mme de Fleurville pour avoir des renseignements plus précis.

Mme de Fleurville confirma le récit de la petite et rassura Mme de Rosbourg sur les suites de cette morsure.

« Marguerite ne court plus aucun danger, chère amie, soyez-en sûre ; l'eau est le remède infaillible pour les morsures des bêtes enragées ; l'eau salée est

bien meilleure encore. Soyez bien certaine qu'elle est sauvée. »

Mme de Rosbourg embrassa tendrement Mme de Fleurville ; elle exprima toute la reconnaissance que lui inspiraient la tendresse et les soins de Camille et de Madeleine, et se promit tout bas de la leur témoigner à la première occasion.

Chapitre 7

Camille punie

Il y avait à une lieue du château de Fleurville une petite fille âgée de six ans, qui s'appelait Sophie. À quatre ans, elle avait perdu sa mère dans un naufrage ; son père se remaria et mourut aussi peu de temps après. Sophie resta avec sa belle-mère, Mme Fichini ; elle était revenue habiter une terre qui avait appartenu à M. de Réan, père de Sophie. Il avait pris plus tard le nom de Fichini, que lui avait légué, avec une fortune considérable, un ami mort en Amérique ; Mme Fichini et Sophie venaient quelquefois chez Mme de Fleurville. Nous allons voir si Sophie était aussi bonne que Camille et Madeleine.

Un jour que les petites sœurs et Marguerite sortaient pour aller se promener, on entendit le roulement d'une voiture, et, bientôt après, une brillante calèche s'arrêta devant le perron du château ; Mme Fichini et Sophie en descendirent.

« Bonjour, Sophie, dirent Camille et Madeleine ;

nous sommes bien contentes de te voir ; bonjour, madame, ajoutèrent-elles en faisant une petite révérence.

— Bonjour, mes petites ; je vais au salon voir votre maman. Ne vous dérangez pas de votre promenade ; Sophie vous accompagnera. Et vous, mademoiselle, ajouta-t-elle en s'adressant à Sophie d'une voix dure et d'un air sévère, soyez sage, sans quoi vous aurez le fouet au retour. »

Sophie n'osa pas répliquer ; elle baissa les yeux. Mme Fichini s'approcha d'elle les yeux étincelants :

« Vous n'avez pas de langue pour répondre, petite impertinente ?

— Oui, maman », s'empressa de répondre Sophie.

Mme Fichini jeta sur elle un regard de colère, lui tourna le dos et entra au salon.

Camille et Madeleine étaient restées stupéfaites.

Marguerite s'était cachée derrière une caisse d'oranger. Quand Mme Fichini eut fermé la porte du salon, Sophie leva lentement la tête, s'approcha de Camille et de Madeleine, et dit tout bas :

« Sortons ; n'allons pas au salon : ma belle-mère y est.

CAMILLE

Pourquoi ta belle-mère t'a-t-elle grondée, Sophie ? Qu'est-ce que tu as fait ?

SOPHIE

Rien du tout. Elle est toujours comme cela.

MADELEINE

Allons dans notre jardin où nous serons bien tranquilles. Marguerite, viens avec nous.

SOPHIE, *apercevant Marguerite.*

Ah ! qu'est-ce que c'est que cette petite ? Je ne l'ai pas encore vue.

CAMILLE

C'est notre petite amie, et une bonne petite fille ; tu ne l'as pas encore vue, parce qu'elle était malade quand nous avons été te voir et qu'elle n'a pu venir avec nous ; j'espère, Sophie, que tu l'aimeras. Elle s'appelle Marguerite. »

Madeleine raconta à Sophie comment elles avaient fait connaissance avec Mme de Rosbourg. Sophie embrassa Marguerite, et toutes quatre coururent au jardin.

SOPHIE

Les belles fleurs ! Mais elles sont bien plus belles que les miennes. Où avez-vous eu ces magnifiques œillets, ces beaux géraniums et ces charmants rosiers ? Quelle délicieuse odeur !

MADELEINE

C'est Mme de Rosbourg qui nous a donné tout cela.

MARGUERITE

Prenez garde, Sophie ; vous écrasez un beau fraisier ; reculez-vous.

SOPHIE

Laissez-moi donc. Je veux sentir les roses.

MARGUERITE

Mais vous écrasez les fraises de Camille. Il ne faut pas écraser les fraises de Camille.

SOPHIE

Et moi, je te dis de me laisser tranquille, petite sotte. »

Et comme Marguerite cherchait à préserver les fraises en tenant la jambe de Sophie, celle-ci la poussa avec tant de colère et si rudement, que la pauvre Marguerite alla rouler à trois pas de là.

Aussitôt que Camille vit Marguerite par terre, elle s'élança sur Sophie et lui appliqua un vigoureux soufflet.

Sophie se mit à crier, Marguerite pleurait, Madeleine cherchait à les apaiser. Camille était toute rouge et toute honteuse. Au même instant, parurent Mme de Fleurville, Mme de Rosbourg et Mme Fichini.

Mme Fichini commença par donner un bon soufflet à Sophie, qui criait.

SOPHIE, *criant.*

Cela m'en fait deux ; cela m'en fait deux !

MADAME FICHINI

Deux quoi, petite sotte ?

SOPHIE

Deux soufflets qu'on m'a donnés.

MADAME FICHINI, *lui donnant encore un soufflet.*

Tiens, voilà le second pour ne pas te faire mentir.

CAMILLE

Elle ne mentait pas, madame ; c'est moi qui lui ai donné le premier. »

Mme Fichini regarda Camille avec surprise.

MADAME DE FLEURVILLE

Que dis-tu, Camille ? Toi, si bonne, tu as donné un soufflet à Sophie, qui vient en visite chez toi ?

CAMILLE, *les yeux baissés.*

Oui, maman.

MADAME DE FLEURVILLE, *avec sévérité.*

Et pourquoi t'es-tu laissé emporter à une pareille brutalité ?

CAMILLE, *avec hésitation.*

Parce que, parce que... *(Elle lève les yeux sur Sophie, qui la regarde d'un air suppliant.)* Parce que Sophie écrasait mes fraises.

MARGUERITE, *avec feu.*

Non, ce n'est pas cela, c'est pour me...

CAMILLE, *lui mettant la main sur la bouche, avec vivacité.*

Si fait, si fait ; c'est pour mes fraises. *(Tout bas à Marguerite.)* Tais-toi, je t'en prie.

MARGUERITE, *tout bas.*

Je ne veux pas qu'on te croie méchante, quand c'est pour me défendre que tu t'es mise en colère.

CAMILLE

Je t'en supplie, ma petite Marguerite, tais-toi jusqu'après le départ de Mme Fichini. »

Marguerite baisa la main de Camille et se tut.

Mme de Fleurville voyait bien qu'il s'était passé quelque chose qui avait excité la colère de Camille, toujours si douce ; mais elle devinait qu'on ne voulait pas le raconter, par égard pour Sophie. Pourtant, elle voulait donner satisfaction à Mme Fichini et punir Camille de cette vivacité inusitée ; elle lui dit d'un air mécontent :

« Montez dans votre chambre, mademoiselle ; vous ne descendrez que pour dîner et vous n'aurez ni dessert ni plat sucré. »

Camille fondit en larmes et se disposa à obéir à sa maman ; avant de se retirer, elle s'approcha de Sophie et lui dit :

« Pardonne-moi, Sophie ; je ne recommencerai pas, je te le promets. »

Sophie, qui au fond n'était pas méchante, embrassa Camille et lui dit tout bas :

« Merci, ma bonne Camille, de n'avoir pas dit que j'avais poussé Marguerite ; ma belle-mère m'aurait fouettée jusqu'au sang. »

Camille lui serra la main et se dirigea en pleurant vers la maison. Madeleine et Marguerite pleuraient à chaudes larmes de voir pleurer Camille. Marguerite avait bien envie d'excuser Camille en racontant ce qui s'était passé ; mais elle se souvint que Camille l'avait priée de n'en pas parler.

« Méchante Sophie, se disait-elle, c'est elle qui est cause du chagrin de ma pauvre Camille. Je la déteste. »

Mme Fichini remonta en voiture avec Sophie, qu'on entendit crier quelques instants après ; on supposa que sa belle-mère la battait ; on ne se trompait pas, car, à peine en voiture, Mme Fichini s'était mise à gronder Sophie et, pour terminer sa morale, elle lui avait tiré fortement les cheveux.

À peine furent-elles parties que Madeleine et Marguerite racontèrent à Mme de Fleurville comment et pourquoi Camille s'était emportée contre Sophie.

« Cette explication diminue beaucoup sa faute, mes enfants, mais elle a été coupable de s'être laissée aller à une pareille colère. Je lui permets de sortir de sa chambre, pourtant elle n'aura ni dessert ni plat sucré. »

Madeleine et Marguerite coururent chercher Camille et lui dirent que sa punition se bornait à ne pas manger de dessert et de plat sucré. Camille soupira et resta bien triste.

C'est qu'il faut bien avouer que la bonne, la charmante Camille avait un défaut : elle était un peu gourmande ; elle aimait les bonnes choses, et surtout les fruits. Elle savait que justement ce jour-là on devait servir d'excellentes pêches et du raisin que son oncle avait envoyés de Paris. Quelle privation de ne pas goûter à cet excellent dessert dont elle s'était fait une

fête ! Elle continuait donc d'avoir les yeux pleins de larmes.

« Ma pauvre Camille, lui dit Madeleine, tu es donc bien triste de ne pas avoir de dessert ?

CAMILLE, *pleurant.*

Cela me fait de la peine de voir tout le monde manger le beau raisin et les belles pêches que mon oncle a envoyés, et de ne pas même y goûter.

MADELEINE

Eh bien, ma chère Camille, je n'en mangerai pas non plus, ni de plat sucré : cela te consolera un peu.

CAMILLE

Non, ma chère Madeleine, je ne veux pas que tu te prives pour moi ; tu en mangeras, je t'en prie.

MADELEINE

Non, non, Camille, j'y suis décidée. Je n'aurais aucun plaisir à manger de bonnes choses dont tu serais privée. »

Camille se jeta dans les bras de Madeleine ; elles s'embrassèrent vingt fois avec la plus vive tendresse. Madeleine demanda à Camille de ne parler à personne de sa résolution.

« Si maman le savait, dit-elle, ou bien elle me forcerait d'en manger, ou bien j'aurais l'air de vouloir la forcer à te pardonner. »

Camille lui promit de n'en pas parler pendant le dîner : mais elle résolut de raconter ensuite la généreuse privation que s'était imposée sa bonne petite

sœur, car Madeleine avait d'autant plus de mérite qu'elle était, comme Camille, un peu gourmande.

L'heure du dîner vint ; les enfants étaient tristes toutes les trois. Le plat sucré se trouva être des croquettes de riz, que Madeleine aimait extrêmement.

MADAME DE FLEURVILLE

Madeleine, donne-moi ton assiette, que je te serve des croquettes.

MADELEINE

Merci, maman, je n'en mangerai pas.

MADAME DE FLEURVILLE

Comment ! tu n'en mangeras pas, toi qui les aimes tant !

MADELEINE

Je n'ai plus faim, maman.

MADAME DE FLEURVILLE

Tu m'as demandé tout à l'heure des pommes de terre, et je t'en ai refusé parce que je pensais aux croquettes de riz, que tu aimes mieux que tout autre plat sucré.

MADELEINE, *embarrassée et rougissante.*

J'avais encore un peu faim, maman, mais je n'ai plus faim du tout. »

Mme de Fleurville regarde d'un air surpris Madeleine, rouge et confuse ; elle regarde Camille, qui rou-

git aussi et qui s'agite, dans la crainte que Madeleine ne paraisse capricieuse et ne soit grondée. Mme de Fleurville se doute qu'il y a quelque chose qu'on lui cache, et n'insiste plus.

Le dessert arrive ; on apporte une superbe corbeille de pêches et une corbeille de raisin ; les yeux de Camille se remplissent de larmes ; elle pense avec chagrin que c'est pour elle que sa sœur se prive de si bonnes choses. Madeleine soupire en jetant sur les deux corbeilles des regards d'envie.

« Veux-tu commencer par le raisin ou par une pêche, Madeleine ? demanda Mme de Fleurville.

— Merci, maman, je ne mangerai pas de dessert.

— Mange au moins une grappe de raisin, dit Mme de Fleurville de plus en plus surprise ; il est excellent.

— Non, maman, répondit Madeleine qui se sentait faiblir à la vue de ces beaux fruits dont elle respirait le parfum ; je suis fatiguée, je voudrais me coucher.

— Tu n'es pas souffrante, chère petite ? lui demanda sa mère avec inquiétude.

— Non, maman, je me porte très bien ; seulement je voudrais me coucher. »

Et Madeleine, se levant, alla dire adieu à sa maman et à Mme de Rosbourg ; elle allait embrasser Camille, quand celle-ci demanda d'une voix tremblante à Mme de Fleurville la permission de suivre Madeleine. Mme de Fleurville, qui avait pitié de son agitation, le lui permit. Les deux sœurs partirent ensemble.

Cinq minutes après, tout le monde sortit de table ; on trouva dans le salon Camille et Madeleine s'embrassant et se serrant dans les bras l'une de l'autre.

Madeleine quitta enfin Camille et monta pour se coucher.

Camille était restée au milieu du salon, suivant des yeux Madeleine et répétant :

« Cette bonne Madeleine ! comme je l'aime ! comme elle est bonne !

— Dis-moi donc, Camille, demanda Mme de Fleurville, ce qui passe par la tête de Madeleine. Elle refuse le plat sucré, elle refuse le dessert, et elle va se coucher une heure plus tôt qu'à l'ordinaire.

— Si vous saviez, ma chère maman, comme Madeleine m'aime et comme elle est bonne ! Elle a fait tout cela pour me consoler, pour être privée comme moi ; et elle est allée se coucher parce qu'elle avait peur de ne pouvoir résister au raisin, qui était si beau et qu'elle aime tant !

— Viens la voir avec moi, Camille ; allons l'embrasser ! » s'écria Mme de Fleurville.

Avant de quitter le salon, elle alla dire quelques mots à l'oreille de Mme de Rosbourg, qui passa immédiatement dans la salle à manger.

Mme de Fleurville et Camille montèrent chez Madeleine qui venait de se coucher ; ses grands yeux bleus étaient fixés sur un portrait de Camille, auquel elle souriait.

Mme de Fleurville s'approcha de son lit, la serra tendrement dans ses bras et lui dit :

« Ma chère petite, ta générosité a racheté la faute de ta sœur et effacé la punition. Je lui pardonne à cause de toi, et vous allez toutes deux manger des croquettes, du raisin et des pêches que j'ai fait apporter. »

Au même moment, Élisa la bonne entra, apportant

des croquettes de riz sur une assiette, du raisin et des pêches sur une autre. Tout le monde s'embrassa. Mme de Fleurville descendit pour rejoindre Mme de Rosbourg. Camille raconta à Élisa combien Madeleine avait été bonne ; toutes deux donnèrent à Élisa une part de leur dessert, et après avoir bien causé, s'être bien embrassées, avoir fait leur prière de tout leur cœur, Camille se déshabilla, et toutes deux s'endormirent pour rêver soufflets, gronderies, tendresse, pardon et raisin.

Chapitre 8

Les hérissons

Un jour, Camille et Madeleine lisaient hors de la maison, assises sur leurs petits pliants, lorsqu'elles virent accourir Marguerite.

« Camille, Madeleine, leur cria-t-elle, venez vite voir des hérissons qu'on a attrapés ; il y en a quatre, la mère et les trois petits. »

Camille et Madeleine se levèrent promptement et coururent voir les hérissons, qu'on avait mis dans un panier.

CAMILLE

Mais on ne voit rien que des boules piquantes ; ils n'ont ni tête ni pattes.

MADELEINE

Je crois qu'ils sont roulés en boule et que leurs têtes et leurs pattes sont cachées.

CAMILLE

Nous allons bien voir ; je vais les faire sortir du panier.

MADELEINE

Mais ils te piqueront ; comment les prendras-tu ?

CAMILLE

Tu vas voir. »

Camille prend le panier, le renverse : les hérissons se trouvent par terre. Au bout de quelques secondes, un des petits hérissons se déroule, sort sa tête, puis ses pattes ; les autres petits font de même et commencent à marcher, à la grande joie des petites filles, qui restaient immobiles pour ne pas les effrayer. Enfin, la mère commença aussi à se dérouler lentement et avança un peu la tête. Quand elle aperçut les trois enfants, elle resta quelques instants indécise ; puis, voyant que personne ne bougeait, elle s'allongea tout à fait, poussa un cri en appelant ses petits et se mit à trottiner pour se sauver.

« Les hérissons se sauvent ! s'écria Marguerite ; les voilà qui courent tous du côté du bois. »

Au même moment, le garde accourut.

« Eh ! eh ! dit-il, mes pelotes qui se sont déroulées ! Il ne fallait pas les lâcher, mesdemoiselles ; je vais avoir du mal à les rattraper. »

Et le garde courut après les hérissons, qui allaient presque aussi vite que lui ; déjà, ils avaient gagné la lisière du bois ; la mère pressait et poussait ses petits. Ils n'étaient plus qu'à un pas d'un vieux chêne creux dans lequel ils devaient trouver un refuge

assuré ; le garde était encore à sept ou huit pas en arrière, ils avaient le temps de se soustraire au danger qui les menaçait, lorsqu'une détonation se fit entendre. La mère roula morte à l'entrée du chêne creux ; les petits, voyant leur mère arrêtée, s'arrêtèrent également.

Le garde, qui avait tiré son coup de fusil sur la mère, se précipita sur les petits et les jeta dans son carnier.

Camille, Madeleine et Marguerite accoururent.

« Pourquoi avez-vous tué cette pauvre bête, méchant Nicaise ? dit Camille avec indignation.

MADELEINE

Les pauvres petits vont mourir de faim à présent.

NICAISE

Pour cela non, mademoiselle ; ce n'est pas de faim qu'ils vont mourir : je vais les tuer.

MARGUERITE, *joignant les mains.*

Oh ! pauvres petits ! ne les tuez pas, je vous en prie, Nicaise.

NICAISE

Ah ! il faut bien les faire mourir, mademoiselle ; c'est mauvais, le hérisson ; ça détruit les petits lapins, les petits perdreaux. D'ailleurs, ils sont trop jeunes ; ils ne vivraient pas sans leur mère.

CAMILLE

Viens, Madeleine ; viens, Marguerite ; allons demander à maman de sauver ces malheureuses petites bêtes. »

Toutes trois coururent au salon, où travaillaient Mme de Fleurville et Mme de Rosbourg.

LES TROIS PETITES ENSEMBLE

Maman, maman, madame, les pauvres hérissons ! ce méchant Nicaise va les tuer ! La pauvre mère est morte ! Il faut les sauver, vite, vite !

MADAME DE FLEURVILLE

Qui ? Qu'est-ce ? Qui tuer ? Qui sauver ? Pourquoi « méchant Nicaise » ?

LES TROIS PETITES ENSEMBLE

Il faut aller vite. C'est Nicaise. Il ne nous écoute pas. Ces pauvres petits !

MADAME DE ROSBOURG

Vous parlez toutes trois à la fois, mes chères enfants ; nous ne comprenons pas ce que vous demandez. Madeleine, parle seule, toi qui es moins agitée et moins essoufflée.

MADELEINE

C'est Nicaise qui a tué une mère hérisson ; il y a trois petits, il veut les tuer aussi ; il dit que les hérissons sont mauvais, qu'ils tuent les petits lapins.

CAMILLE

Et je crois qu'il ment ; ils ne mangent que de mauvaises bêtes.

MADAME DE FLEURVILLE

Et pourquoi mentirait-il, Camille ?

CAMILLE

Parce qu'il veut tuer ces pauvres petits, maman.

MADAME DE FLEURVILLE

Tu le crois donc bien méchant ? Pour avoir le plaisir de tuer de pauvres petites bêtes inoffensives, il inventerait contre elles des calomnies !

CAMILLE

C'est vrai, maman, j'ai tort ; mais si vous pouviez sauver ces petits hérissons ? Ils sont si gentils !

MADAME DE ROSBOURG, *souriant.*

Des hérissons gentils ? c'est une rareté. Mais, chère amie, nous pourrions aller voir ce qu'il en est et s'il y a moyen de laisser vivre ces pauvres orphelins. »

Ces dames et les trois petites filles sortirent et se dirigèrent vers le bois où on avait laissé le garde et les hérissons.

Plus de garde, plus de hérissons, ni morts ni vivants. Tout avait disparu.

CAMILLE

Ô mon Dieu ! ces pauvres hérissons ! je suis sûre que Nicaise les a tués.

MADAME DE FLEURVILLE

Nous allons voir cela ; allons jusque chez lui. »

Les trois petites coururent en avant. Elles se précipitèrent avec impétuosité dans la maison du garde.

LES TROIS PETITES ENSEMBLE

Où sont les hérissons ? Où les avez-vous mis, Nicaise ? »

Le garde dînait avec sa femme. Il se leva lentement et répondit avec la même lenteur :

« Je les ai jetés à l'eau, mesdemoiselles ; ils sont dans la mare du potager.

LES TROIS PETITES ENSEMBLE

Comme c'est méchant ! comme c'est vilain ! Maman, maman, voilà Nicaise qui a jeté les petits hérissons dans la mare. »

Mmes de Fleurville et de Rosbourg arrivaient à la porte.

MADAME DE FLEURVILLE

Vous avez eu tort de ne pas attendre, Nicaise : mes petites désiraient garder ces hérissons.

NICAISE

Pas possible, madame ; ils auraient péri avant deux jours : ils étaient trop petits. D'ailleurs c'est une méchante race que le hérisson. Il faut la détruire. »

Mme de Fleurville se retourna vers les petites, muettes et consternées.

« Que faire, mes chères petites, sinon oublier ces hérissons ? Nicaise a cru bien faire en les tuant ; et, en vérité, qu'en auriez-vous fait ? Comment les nourrir, les soigner ? »

Les petites trouvaient que Mme de Fleurville avait raison, mais ces hérissons leur faisaient pitié ; elles ne répondirent rien et revinrent à la maison un peu abattues.

Elles allaient reprendre leurs leçons, lorsque Sophie arriva sur un âne avec sa bonne.

Mme Fichini faisait dire qu'elle viendrait dîner et qu'elle se débarrassait de Sophie en l'envoyant d'avance.

SOPHIE

Bonjour, mes bonnes amies ; bonjour, Marguerite ! Eh bien, Marguerite, tu t'éloignes ?

MARGUERITE

Vous avez fait punir l'autre jour ma chère Camille : je ne vous aime pas, mademoiselle.

CAMILLE

Écoute, Marguerite, je méritais d'être punie pour m'être mise en colère : c'est très vilain de s'emporter.

MARGUERITE, *l'embrassant tendrement.*

C'est pour moi, ma chère Camille, que tu t'es mise en colère. Tu es toujours si bonne ! Jamais tu ne te fâches. »

Sophie avait commencé par rougir de colère ; mais le mouvement de tendresse de Marguerite arrêta ce mauvais sentiment ; elle sentit ses torts, s'approcha de Camille et lui dit, les larmes aux yeux :

« Camille, ma bonne Camille, Marguerite a raison : c'est moi qui suis la coupable, c'est moi qui ai eu le premier tort en répondant durement à la pauvre petite Marguerite, qui défendait tes fraises. C'est moi qui ai provoqué ta juste colère en repoussant Marguerite et la jetant à terre ; j'ai abusé de ma force, j'ai froissé tous tes bons et affectueux sentiments. Tu as bien fait de me donner un soufflet ; je l'ai mérité, bien mérité. Et toi aussi, ma bonne petite Marguerite, pardonne-moi ; sois généreuse comme Camille. Je sais que je suis méchante ; mais, ajouta-t-elle en fondant en larmes, je suis si malheureuse ! »

À ces mots, Camille, Madeleine, Marguerite se précipitèrent vers Sophie, l'embrassèrent, la serrèrent dans leurs bras.

« Ma pauvre Sophie, disaient-elles toutes trois, ne pleure pas, nous t'aimons bien ; viens nous voir souvent, nous tâcherons de te distraire. »

Sophie sécha ses larmes et essuya ses yeux.

« Merci, mille fois merci, mes chères amies, je tâcherai de vous imiter, de devenir bonne comme vous. Ah ! si j'avais comme vous une maman douce et bonne, je serais meilleure ! Mais j'ai si peur de ma

belle-mère ! elle ne me dit pas ce que je dois faire, mais elle me bat toujours.

— Pauvre Sophie ! dit Marguerite. Je suis bien fâchée de t'avoir détestée.

— Non, tu avais raison, Marguerite, parce que j'ai été vraiment détestable le jour où je suis venue. »

Camille et Madeleine demandèrent à Sophie de leur permettre d'achever un devoir de calcul et de géographie.

« Dans une demi-heure, nous aurons fini et nous irons vous rejoindre au jardin.

MARGUERITE

Veux-tu venir avec moi, Sophie ? je n'ai pas de devoir à faire.

SOPHIE

Très volontiers ; nous allons courir dehors.

MARGUERITE

Je vais te raconter ce qui est arrivé ce matin à trois pauvres petits hérissons et à leur maman. »

Et tout en marchant, Marguerite raconta toute la scène du matin.

SOPHIE

Et où les a-t-on jetés, ces hérissons ?

MARGUERITE

Dans la mare du potager.

SOPHIE

Allons les voir ; ce sera très amusant.

MARGUERITE

Mais il ne faut pas trop approcher de l'eau ; maman l'a défendu.

SOPHIE

Non, non ; nous regarderons de loin. »

Elles coururent vers la mare, et, comme elles ne voyaient rien, elles approchèrent un peu.

SOPHIE

En voilà un, en voilà un ! je le vois ; il n'est pas mort, il se débat. Approche, approche ; vois-tu ?

MARGUERITE

Oui, je le vois ! Pauvre petit, comme il se débat ! les autres sont morts.

SOPHIE

Si nous l'enfoncions dans l'eau avec un bâton pour qu'il meure plus vite ? Il souffre, ce pauvre malheureux.

MARGUERITE

Tu as raison. Pauvre bête ! le voici tout près de nous.

SOPHIE

Voilà un grand bâton : donne-lui un coup sur la tête, il enfoncera.

MARGUERITE

Non, je ne veux pas achever de tuer ce pauvre petit hérisson ; et puis, maman ne veut pas que j'approche de la mare.

SOPHIE

Pourquoi ?

MARGUERITE

Parce que je pourrais glisser et tomber dedans.

SOPHIE

Quelle idée ! Il n'y a pas le moindre danger.

MARGUERITE

C'est égal ! il ne faut pas désobéir à maman.

SOPHIE

Eh bien, à moi on n'a rien défendu ; ainsi je vais tâcher d'enfoncer ce petit hérisson. »

Et Sophie, s'avançant avec précaution vers le bord de la mare, allongea le bras et donna un grand coup au hérisson, avec la longue baguette qu'elle tenait à la main. Le pauvre animal disparut un instant, puis revint sur l'eau, où il continua à se débattre. Sophie courut vers l'endroit où il avait reparu et le frappa d'un second coup de sa baguette. Mais, pour l'at-

teindre, il lui avait fallu allonger beaucoup le bras ; au moment où la baguette retombait, le poids de son corps l'entraînant, Sophie tomba dans l'eau ; elle poussa un cri désespéré et disparut.

Marguerite s'élança pour secourir Sophie, aperçut sa main qui s'était accrochée à une touffe de genêt, la saisit, la tira à elle, parvint à faire sortir de l'eau le haut du corps de la malheureuse Sophie et lui présenta l'autre main pour achever de la retirer.

Pendant quelques secondes, elle lutta contre le poids trop lourd qui l'entraînait elle-même dans la mare ; enfin ses forces trahirent son courage, et la pauvre petite Marguerite se sentit tomber avec Sophie.

La courageuse enfant ne perdit pas la tête, malgré l'imminence du danger ; elle se souvint d'avoir entendu dire à Mme de Fleurville que, lorsqu'on arrivait au fond de l'eau, il fallait, pour remonter à la surface, frapper le sol du pied ; aussitôt qu'elle sentit le fond, elle donna un fort coup de pied, remonta immédiatement au-dessus de l'eau, saisit un poteau qui se trouva à portée de ses mains et réussit, avec cet appui, à sortir de la mare.

N'apercevant plus Sophie, elle courut toute ruisselante d'eau vers la maison en criant : « Au secours, au secours ! » Des faucheurs et des faucheuses qui travaillaient près de là accoururent à ses cris.

« Sauvez Sophie, sauvez Sophie ! elle est dans la mare ! criait Marguerite.

— Mlle Marguerite est tombée dans l'eau, criaient les bonnes femmes ; au secours !

— Sophie se noie, Sophie se noie, sanglotait Marguerite désolée ; allez vite à son secours. »

Une des faneuses, plus intelligente que les autres, courut à la mare, aperçut la robe blanche de Sophie qui apparaissait un peu à la surface de l'eau, y plongea un long crochet qui servait à charger le foin, accrocha la robe, la tira vers le bord, allongea le bras, saisit la petite fille par la taille et l'enleva non sans peine.

Pendant que la bonne femme sauvait l'enfant, Marguerite, oubliant le danger qu'elle avait couru elle-même, et ne pensant qu'à celui de Sophie, pleurait à chaudes larmes et suppliait qu'on ne s'occupât pas d'elle et qu'on retournât à la mare.

Camille, Madeleine, qui accoururent au bruit, augmentèrent le tumulte en criant et pleurant avec Marguerite.

Mme de Rosbourg et Mme de Fleurville, entendant une rumeur extraordinaire, arrivèrent précipitamment et poussèrent toutes deux un cri de terreur à la vue de Marguerite, dont les cheveux et les vêtements ruisselaient.

« Mon enfant, mon enfant ! s'écria Mme de Rosbourg. Que t'est-il donc arrivé ? Pourquoi ces cris ?

— Maman, ma chère maman, Sophie se noie, Sophie est tombée dans la mare ! »

À ces mots, Mme de Fleurville se précipita vers la mare, suivie du garde et des domestiques. Elle ne tarda pas à rencontrer la faneuse avec Sophie dans ses bras, qui, elle aussi, pleurait à chaudes larmes.

Mme de Rosbourg, voyant l'agitation, le désespoir de Marguerite, ne comprenant pas bien ce qui la désolait ainsi, et sentant la nécessité de la calmer, lui dit avec assurance :

« Sophie est sauvée, chère enfant ; elle va très bien, calme-toi, je t'en conjure.

— Mais qui l'a sauvée ? je n'ai vu personne.

— Tout le monde y a couru pendant que tu revenais. »

Cette assurance calma Marguerite ; elle se laissa emporter sans résistance.

Quand elle fut bien essuyée, séchée et rhabillée, sa maman lui demanda ce qui était arrivé. Marguerite lui raconta tout, mais en atténuant ce qu'elle sentait être mauvais dans l'insistance de Sophie à faire périr le pauvre hérisson et à approcher de la mare, malgré l'avertissement qu'elle avait reçu.

« Tu vois, chère enfant, dit Mme de Rosbourg en l'embrassant mille fois, si j'avais raison de te défendre d'approcher de la mare. Tu as agi comme une petite fille sage, courageuse et généreuse... Allons voir ce que devient Sophie. »

Sophie avait été emportée par Mme de Fleurville et Élisa chez Camille et Madeleine, qui l'accompagnaient. On l'avait également déshabillée, essuyée, frictionnée, et on lui passait une chemise de Camille, quand la porte s'ouvrit violemment, et Mme Fichini entra.

Sophie devint rouge comme une cerise ; l'apparition furieuse et inattendue de Mme Fichini avait stupéfié tout le monde.

« Qu'est-ce que j'apprends, mademoiselle ? vous avez sali, perdu votre jolie robe en vous laissant sottement tomber dans la mare ! Attendez, j'apporte de quoi vous rendre plus soigneuse à l'avenir. »

Et, avant que personne eût eu le temps de s'y opposer, elle tira de dessous son châle une forte verge, s'élança sur Sophie et la fouetta à coups redoublés, malgré les cris de la pauvre petite, les pleurs et les supplications de Camille et de Madeleine, et les remontrances de Mme de Fleurville et d'Élisa, indignées de tant de sévérité. Elle ne cessa de frapper que lorsque la verge se brisa entre ses mains ; alors elle en jeta les morceaux et sortit de la chambre. Mme de Fleurville la suivit pour lui exprimer son mécontentement d'une punition aussi injuste que barbare.

« Croyez, chère dame, répondit Mme Fichini, que c'est le seul moyen d'élever des enfants ; le fouet est le meilleur des maîtres. Pour moi, je n'en connais pas d'autres. »

Si Mme de Fleurville n'eût écouté que son indignation, elle eût chassé de chez elle une si méchante femme ; mais Sophie lui inspirait une pitié profonde : elle pensa que se brouiller avec la belle-mère, c'était priver la pauvre enfant de consolations et d'appui. Elle se fit donc violence et se borna à discuter avec Mme Fichini les inconvénients d'une répression trop sévère. Tous ces raisonnements échouèrent devant la sécheresse de cœur et l'intelligence bornée de la mauvaise mère, et Mme de Fleurville se vit obligée de patienter et de subir son odieuse compagnie.

Quand Mme de Rosbourg et Marguerite entrèrent chez Camille et Madeleine, elles furent surprises de les trouver toutes deux pleurant, et Sophie en chemise, criant, courant et sautant par excès de souffrance, le corps rayé et rougi par la verge dont les débris gisaient à terre.

Mme de Rosbourg et Marguerite restèrent immobiles d'étonnement.

« Camille, Madeleine, pourquoi pleurez-vous ? dit

enfin Marguerite, prête elle-même à pleurer. Qu'a donc la pauvre Sophie et pourquoi est-elle couverte de raies rouges ?

— C'est sa méchante belle-mère qui l'a fouettée, chère Marguerite. Pauvre Sophie ! pauvre Sophie ! »

Les trois petites entourèrent Sophie et parvinrent à la consoler à force de caresses et de paroles amicales. Pendant ce temps, Élisa avait raconté à Mme de Rosbourg la froide cruauté de Mme Fichini, qui n'avait vu dans l'accident de sa fille qu'une robe salie et qui avait puni ce manque de soin par une si cruelle flagellation. L'indignation de Mme de Rosbourg égala celle de Mme de Fleurville et d'Élisa ; les mêmes motifs lui firent supporter la présence de Mme Fichini.

Camille, Madeleine et Marguerite eurent besoin de faire de grands efforts pour être polies à table avec Mme Fichini. La pauvre Sophie n'osait ni parler ni lever les yeux ; immédiatement après le dîner les enfants allèrent jouer dehors. Quand Mme Fichini partit, elle promit d'envoyer souvent Sophie à Fleurville, comme le lui demandaient ces dames.

« Puisque vous voulez bien recevoir cette mauvaise créature, dit-elle en jetant sur Sophie un regard de mépris, je serai enchantée de m'en débarrasser le plus souvent possible ; elle est si méchante, qu'elle gâte toutes mes parties de plaisir chez mes voisins. Au revoir, chères dames... Montez en voiture, petite sotte ! » ajouta-t-elle en donnant à Sophie une grande tape sur la tête.

Quand la voiture fut partie, Camille et Madeleine, qui n'étaient pas revenues de leur consternation, ne voulurent pas aller jouer ; elles rentrèrent au salon où avec leur maman et avec Mme de Rosbourg elles cau-

sèrent de Sophie et des moyens de la tirer le plus souvent possible de la maison maternelle. Marguerite était couchée depuis longtemps ; Camille et Madeleine finirent par se coucher aussi, en réfléchissant au malheur de Sophie et en remerciant le bon Dieu de leur avoir donné une si excellente mère.

Chapitre 9

Poires volées

Quelques jours après l'aventure des hérissons, Mme de Fleurville avait à dîner quelques voisins, parmi lesquels elle avait engagé Mme Fichini et Sophie.

Camille et Madeleine n'étaient jamais élégantes ; leur toilette était simple et propre. Les jolis cheveux blonds et fins de Camille et les cheveux châtain clair de Madeleine, doux comme de la soie, étaient partagés en deux touffes bien lissées, bien nattées et rattachées au-dessus de l'oreille par de petits peignes ; lorsqu'on avait du monde à dîner, on y ajoutait un nœud en velours noir. Leurs robes étaient en percale blanche tout unie ; un pantalon à petits plis et des brodequins en peau complétaient cette simple toilette. Marguerite était habillée de même ; seulement, ses cheveux noirs, au lieu d'être relevés, tombaient en boucles sur son joli petit cou blanc et potelé. Toutes trois avaient le cou et les bras nus quand il faisait

chaud ; le jour dont nous parlons, la chaleur était étouffante.

Quelques instants avant l'heure du dîner, Mme Fichini arriva avec une toilette d'une élégance ridicule pour la campagne. Sa robe de soie lilas clair était garnie de trois amples volants bordés de ruches, de dentelles, de velours ; son corsage était également bariolé de mille enjolivures qui le rendaient aussi ridicule que sa jupe ; l'ampleur de cette jupe était telle que Sophie avait été reléguée sur le devant de la voiture, au fond de laquelle s'étalaient majestueusement Mme Fichini et sa robe. La tête de Sophie paraissait seule au milieu de cet amas de volants qui la couvraient. La calèche était découverte ; la société était sur le perron. Mme Fichini descendit, triomphante, grasse, rouge, bourgeonnée. Ses yeux étincelaient d'orgueil satisfait ; elle croyait devoir être l'objet de l'admiration générale avec sa robe de mère Gigogne, ses gros bras nus, son petit chapeau à plumes de mille couleurs couvrant ses cheveux roux, et son cordon de diamants sur son front bourgeonné. Elle vit avec une satisfaction secrète les toilettes simples de toutes ces dames ; Mmes de Fleurville et de Rosbourg avaient des robes de taffetas noir uni ; aucune coiffure n'ornait leurs cheveux relevés en simples bandeaux et nattés par-derrière ; les dames du voisinage étaient les unes en mousseline unie, les autres en soie légère ; aucune n'avait ni volants, ni bijoux, ni coiffure extraordinaire. Mme Fichini ne se trompait pas en pensant à l'effet que ferait sa toilette ; elle se trompa seulement sur la nature de l'effet qu'elle devait produire : au lieu d'être de l'admiration, ce fut une pitié moqueuse.

« Me voici, chères dames, dit-elle en descendant de voiture et en montrant son gros pied chaussé de souliers de satin lilas pareil à la robe, et à bouffettes de dentelle ; me voici avec Sophie comme saint Roch et son chien. »

Sophie, masquée d'abord par la robe de sa belle-mère, apparut à son tour, mais dans une toilette bien différente : elle avait une robe de grosse percale faite comme une chemise, attachée à la taille avec un cordon blanc ; elle tenait ses deux mains étalées sur son ventre.

« Faites la révérence, mademoiselle, lui dit Mme Fichini. Plus bas donc ! À quoi sert le maître de danse que j'ai payé tout l'hiver dix francs par leçon et qui vous a appris à saluer, à marcher et à avoir de la grâce ? Quelle tournure a cette sotte avec ses mains sur son ventre !

— Bonjour, ma petite Sophie, dit Mme de Fleurville ; va embrasser tes amies. Quelle belle toilette vous avez, madame ! ajouta-t-elle pour détourner les pensées de Mme Fichini de sa belle-fille. Nous ne méritons pas de pareilles élégances avec nos toilettes toutes simples.

— Comment donc, chère dame ! vous valez bien la peine qu'on s'habille. Il faut bien user ses vieilles robes à la campagne. »

Et Mme Fichini voulut prendre place sur un fauteuil près de Mme de Rosbourg ; mais la largeur de sa robe, la raideur de ses jupons repoussèrent le fauteuil au moment où elle s'asseyait, et l'élégante Mme Fichini tomba par terre...

Un rire général salua cette chute, rendue ridicule par le ballonnement de tous les jupons qui restèrent

bouffants, faisant un énorme cerceau au-dessus de Mme Fichini, et laissant à découvert deux grosses jambes dont l'une gigotait avec emportement, tandis que l'autre restait immobile dans toute son ampleur.

Mme de Fleurville, voyant Mme Fichini étendue sur le plancher, comprima son envie de rire, s'approcha d'elle et lui offrit son aide pour la relever ; mais ses efforts furent impuissants, et il fallut que deux voisins, MM. de Vortel et de Plan, lui vinssent en aide.

À trois, ils parvinrent à relever Mme Fichini ; elle était rouge, furieuse, moins de sa chute que des rires excités par cet accident, et se plaignait d'une foulure à la jambe.

Sophie se tint prudemment à l'écart, pendant que sa belle-mère recevait les soins de ces dames ; quand le mouvement fut calmé et que tout fut rentré dans l'ordre, elle demanda tout bas à Camille de s'éloigner.

« Pourquoi veux-tu t'en aller ? dit Camillc ; nous allons dîner à l'instant. »

Sophie, sans répondre, écarta un peu ses mains de son ventre, et découvrit une énorme tache de café au lait.

SOPHIE, *très bas.*

Je voudrais laver cela.

CAMILLE, *bas.*

Comment as-tu pu faire cette tache en voiture ?

SOPHIE, *bas.*

Ce n'est pas en voiture, c'est ce matin à déjeuner : j'ai renversé mon café sur moi.

CAMILLE, *bas.*

Pourquoi n'as-tu pas changé de robe pour venir ici ?

SOPHIE, *bas.*

Maman ne veut pas ; depuis que je suis tombée dans la mare, elle veut que j'aie des robes faites comme des chemises, et que je les porte pendant trois jours.

CAMILLE, *bas.*

Ta bonne aurait dû au moins laver cette tache, et repasser ta robe.

SOPHIE, *bas.*

Maman le défend ; ma bonne n'ose pas. »

Camille appelle tout bas Madeleine et Marguerite, toutes quatre s'en vont. Elles courent dans leur chambre ; Madeleine prend de l'eau, Marguerite du savon ; elles lavent, elles frottent avec tant d'activité que la tache disparaît ; mais la robe reste mouillée, et Sophie continue à y appliquer ses mains jusqu'à ce que tout soit sec. Elles rentrent toutes au salon au moment où l'on allait se mettre à table. Mme Fichini boite un peu ; elle est enchantée de l'intérêt qu'elle croit inspirer et ne fait pas attention à Sophie, qui en profite pour manger comme quatre.

Après dîner, toute la société va se promener. On se dirige vers le potager ; Mme de Fleurville fait admirer une poire d'espèce nouvelle d'une grosseur et

d'une saveur remarquables. Le poirier qui la produisait était tout jeune et n'en avait que quatre.

Tout le monde s'extasiait sur la grosseur extraordinaire de ces poires.

« Je vous engage, mesdames et messieurs, à venir les manger dans huit jours ; elles auront encore grossi et seront mûres à point », dit Mme de Fleurville.

Chacun accepta l'invitation ; on continua la revue des fruits et des fleurs.

Sophie suivait avec Camille, Madeleine et Marguerite. Les belles poires la tentaient ; elle aurait bien voulu les cueillir et les manger ; mais comment faire ? Tout le monde la verrait... « Si je pouvais rester toute seule en arrière ! se dit-elle. Mais comment pourrai-je éloigner Camille, Madeleine et Marguerite ? Qu'elles sont ennuyeuses de ne jamais me laisser seule ! »

Tout en cherchant le moyen de rester seule derrière ses amies, elle sentit que sa jarretière tombait.

« Bon, voilà un prétexte. »

Et, s'arrêtant près du poirier tentateur, elle se mit à arranger sa jarretière, regardant du coin de l'œil si ses amies continuaient leur chemin.

« Que fais-tu là ? dit Camille en se retournant.

SOPHIE

J'arrange ma jarretière, qui est défaite.

CAMILLE

Veux-tu que je t'aide ?

SOPHIE

Non, non, merci ; j'aime mieux m'arranger moi-même.

CAMILLE

Je vais t'attendre alors.

SOPHIE, *avec impatience.*

Mais non, va-t'en, je t'en supplie ! tu me gênes. »

Camille, surprise de l'irritation de Sophie, alla rejoindre Madeleine et Marguerite.

Aussitôt qu'elle fut éloignée, Sophie allongea le bras, saisit une poire, la détacha et la mit dans sa poche. Une seconde fois elle étendit le bras, et, au moment où elle cueillait la seconde poire, Camille se retourna et vit Sophie retirer précipitamment sa main et cacher quelque chose sous sa robe.

Camille, la sage, l'obéissante Camille, qui eût été incapable d'une si mauvaise action, ne se douta pas de celle que venait de commettre Sophie.

CAMILLE, *riant.*

Que fais-tu donc là, Sophie ? Qu'est-ce que tu mets dans ta poche ? et pourquoi es-tu si rouge ?

SOPHIE, *avec colère.*

Je ne fais rien du tout, mademoiselle ; je ne mets rien dans ma poche et je ne suis pas rouge du tout.

CAMILLE, *avec gaieté.*

Pas rouge ! Ah ! vraiment oui, tu es rouge. Madeleine, Marguerite, regardez donc Sophie : elle dit qu'elle n'est pas rouge.

SOPHIE, *pleurant.*

Tu ne sais pas ce que tu dis ; c'est pour me taquiner, pour me faire gronder que tu cries tant que tu peux que je suis rouge ; je ne suis pas rouge du tout. C'est bien méchant à toi.

CAMILLE, *avec la plus grande surprise.*

Sophie, ma pauvre Sophie, mais qu'as-tu donc ? Je ne voulais certainement pas te taquiner, encore moins te faire gronder. Si je t'ai fait de la peine, pardonne-moi. »

Et la bonne petite Camille courut à Sophie pour l'embrasser. En s'approchant, elle sentit quelque chose de dur et de gros qui la repoussait ; elle baissa les yeux, vit l'énorme poche de Sophie, y porta involontairement la main, sentit les poires, regarda le poirier et comprit tout.

« Ah ! Sophie, Sophie ! lui dit-elle d'un ton de reproche, comme c'est mal, ce que tu as fait !

— Laisse-moi tranquille, petite espionne, répondit Sophie avec emportement ; je n'ai rien fait : tu n'as pas le droit de me gronder ; laisse-moi, et ne t'avise pas de rapporter contre moi.

— Je ne rapporte jamais, Sophie. Je te laisse ; je ne veux pas rester près de toi et de ta poche pleine de poires volées. »

La colère de Sophie fut alors à son comble ; elle

levait la main pour frapper Camille, lorsqu'elle réfléchit qu'une scène attirerait l'attention et qu'elle serait surprise avec les poires. Elle abaissa son bras levé, tourna le dos à Camille et, s'échappant par une porte du potager, courut se cacher dans un massif pour manger les fruits dérobés.

Camille resta immobile, regardant Sophie qui s'enfuyait ; elle ne s'aperçut pas du retour de toute la société et de la surprise avec laquelle la regardaient sa maman, Mme de Rosbourg et Mme Fichini. « Hélas ! chère madame, s'écria Mme Fichini, deux de vos belles poires ont disparu ! »

Camille tressaillit et regarda le poirier, puis ces dames.

« Sais-tu ce qu'elles sont devenues, Camille ? » demanda Mme de Fleurville.

Camille ne mentait jamais.

« Oui, maman, je le sais.

— Tu as l'air d'une coupable. Ce n'est pas toi qui les as prises ?

— Oh ! non, maman.

— Mais alors où sont-elles ? Qui est-ce qui s'est permis de les cueillir ? »

Camille ne répondit pas.

MADAME DE ROSBOURG

Réponds, ma petite Camille ; puisque tu sais où elles sont, tu dois le dire.

CAMILLE, *hésitant.*

Je..., je... ne crois pas, madame..., je... ne dois pas dire...

MADAME FICHINI, *riant aux éclats.*

Ha ! ha ! ha ! c'est comme Sophic, qui vole et mange mes fruits et qui ment ensuite. Ha ! ha ! ha ! ce petit ange qui ne vaut pas mieux que mon démon ! Ha ! ha ! ha ! fouettez-la, chère madame, elle avouera.

CAMILLE, *avec vivacité.*

Non, madame, je ne fais pas comme Sophie ; je ne vole pas, et je ne mens jamais !

MADAME DE FLEURVILLE

Mais pourquoi, Camille, si tu sais ce que sont devenues ces poires, ne veux-tu pas le dire ? »

Camille baisse les yeux, rougit et répond tout bas :

« Je ne peux pas. »

Mme de Rosbourg avait une telle confiance dans la sincérité de Camille, qu'elle n'hésita pas à la croire innocente ; elle soupçonna vaguement que Camille se taisait par générosité ; elle le dit tout bas à Mme de Fleurville, qui regarda longuement sa fille, secoua la tête et s'éloigna avec Mme de Rosbourg et Mme Fichini. Cette dernière riait toujours d'un air moqueur. La pauvre Camille, restée seule, fondit en larmes.

Elle sanglotait depuis quelques instants, lorsqu'elle s'entendit appeler par Madeleine, Sophie et Marguerite.

« Camille ! Camille ! où es-tu donc ? nous te cherchons depuis un quart d'heure. »

Camille sécha promptement ses larmes, mais elle ne put cacher la rougeur de ses yeux et le gonflement de son visage.

« Camille, ma chère Camille, pourquoi pleures-tu ? lui demanda Marguerite avec inquiétude.

— Je... ne pleure pas : seulement... j'ai..., j'ai... du chagrin. »

Et, ne pouvant retenir ses pleurs, elle recommença à sangloter. Madeleine et Marguerite l'entourèrent de leurs bras et la couvrirent de baisers, en lui demandant avec instance de leur confier son chagrin.

Aussitôt que Camille put parler, elle leur raconta qu'on la soupçonnait d'avoir mangé les belles poires que leur maman conservait si soigneusement. Sophie, qui était restée impassible jusqu'alors, rougit, se troubla, et demanda enfin d'une voix tremblante d'émotion : « Est-ce que tu n'as pas dit... que tu savais..., que tu connaissais...

CAMILLE

Oh ! non, je ne l'ai pas dit ; je n'ai rien dit.

MADELEINE

Comment ! est-ce que tu sais qui a pris les poires ?

CAMILLE, *très bas.*

Oui.

MADELEINE

Et pourquoi ne l'as-tu pas dit ? »

Camille leva les yeux, regarda Sophie et ne répondit pas.

Sophie se troublait de plus en plus ; Madeleine et Marguerite s'étonnaient de l'embarras de Camille, de l'agitation de Sophie. Enfin Sophie, ne pouvant plus

contenir son sincère repentir et sa reconnaissance envers la généreuse Camille, se jeta à genoux devant elle en sanglotant : « Pardon, oh ! pardon, Camille, bonne Camille ! J'ai été méchante, bien méchante ; ne m'en veux pas. »

Marguerite regardait Sophie d'un œil enflammé de colère ; elle ne lui pardonnait pas d'avoir causé un si vif chagrin à sa chère Camille.

« Méchante Sophie, s'écria-t-elle, tu ne viens ici que pour faire du mal ; tu as fait punir un jour ma chère Camille, aujourd'hui tu la fais pleurer ; je te déteste, et cette fois-ci c'est pour tout de bon, car, grâce à toi, tout le monde croit Camille gourmande, voleuse et menteuse. »

Sophie tourna vers Marguerite son visage baigné de larmes et lui répondit avec douceur :

« Tu me fais penser, Marguerite, que j'ai encore autre chose à faire qu'à demander pardon à Camille ; je vais de ce pas, ajouta-t-elle en se levant, dire à ma belle-mère et à ces dames que c'est moi qui ai volé les poires, que c'est moi qui dois subir une sévère punition ; et que toi, bonne et généreuse Camille, tu ne mérites que des éloges et des récompenses.

— Arrête, Sophie, s'écria Camille en la saisissant par le bras ; et toi, Marguerite, rougis de ta dureté, sois touchée de son repentir. »

Marguerite, après une lutte visible, s'approcha de Sophie et l'embrassa les larmes aux yeux. Sophie pleurait toujours et cherchait à dégager sa main de celle de Camille pour courir à la maison et tout avouer. Mais Camille la retint fortement et lui dit :

« Écoute-moi, Sophie, tu as commis une faute, une très grande faute ; mais tu l'as déjà réparée en partie

par ton repentir. Fais-en l'aveu à maman et à Mme de Rosbourg ; mais pourquoi le dire à ta belle-mère, qui est si sévère et qui te fouettera impitoyablement ?

— Pourquoi ? pour qu'elle ne te croie plus coupable. Elle me fouettera, je le sais ; mais ne l'aurai-je pas mérité ? »

À ce moment, Mme de Rosbourg sortit de la serre à laquelle étaient adossés les enfants et dont la porte était ouverte.

« J'ai tout entendu, mes enfants, dit-elle ; j'arrivais dans la serre au moment où vous accouriez près de Camille, et c'est moi qui me charge de toute l'affaire. Je raconterai à Mme de Fleurville la vérité ; je la cacherai à Mme Fichini, à laquelle je dirai seulement que l'innocence de Camille a été reconnue par l'aveu du coupable, que je me garderai bien de nommer. Ma petite Camille, ta conduite a été belle, généreuse, au-dessus de tout éloge. La tienne, Sophie, a été bien mauvaise au commencement, belle et noble à la fin ; toi, Marguerite, tu as été trop sévère, ta tendresse pour Camille t'a rendue cruelle pour Sophie ; et toi, Madeleine, tu as été bonne et sage. Maintenant, tâchons de tout oublier et de finir gaiement la journée. Je vous ai ménagé une surprise : on va tirer une loterie ; il y a des lots pour chacune de vous. »

Cette annonce dissipa tous les nuages ; les visages reprirent un air radieux, et les quatre petites filles, après s'être embrassées, coururent au salon. On les attendait pour commencer.

Sophie gagna un joli ménage et une papeterie ;

Camille, un joli bureau avec une boîte de couleurs, cent gravures à enluminer, et tout ce qui est nécessaire pour dessiner, peindre et écrire ;

Madeleine, quarante volumes de charmantes histoires et une jolie boîte à ouvrage avec tout ce qu'il fallait pour travailler ;

Marguerite, une charmante poupée en cire et un trousseau complet dans une jolie commode.

Chapitre 10

La poupée mouillée

Après avoir bien joué, bien causé, pris des glaces et des gâteaux, Sophie partit avec sa belle-mère ; Camille, Madeleine et Marguerite allèrent se coucher.

Mme de Fleurville embrassa mille fois Camille ; Mme de Rosbourg lui avait raconté l'histoire des poires, et toutes deux avaient expliqué à Mme Fichini l'innocence de Camille sans faire soupçonner Sophie.

Marguerite était enchantée de sa jolie poupée et de son trousseau. Dans le tiroir d'en haut de la commode, elle avait trouvé :

1 chapeau rond en paille avec une petite plume blanche et des rubans de velours noir ;

1 capote en taffetas bleu avec des roses pompons ;

1 ombrelle verte à manche d'ivoire ;

6 paires de gants ;

4 paires de brodequins ;

2 écharpes en soie ;

1 manchon et une pèlerine en hermine.

Dans le second tiroir :

6 chemises de jour ;
6 chemises de nuit ;
6 pantalons ;
6 jupons festonnés et garnis de dentelle ;
6 paires de bas ;
6 mouchoirs ;
6 bonnets de nuit ;
6 cols ;
6 paires de manches ;
2 corsets ;
2 jupons de flanelle ;
6 serviettes de toilette ;
6 draps ;
6 taies d'oreiller ;
6 petits torchons ;
1 sac contenant des éponges, un démêloir, un peigne fin, une brosse à tête, une brosse à peignes.

Dans le troisième tiroir étaient toutes les robes et les manteaux et mantelets ; il y avait :

1 robe en mérinos écossais ;
1 robe en popeline rose ;
1 robe en taffetas noir ;
1 robe en étoffe bleue ;
1 robe en mousseline blanche ;
1 robe en nankin ;
1 robe en velours noir ;
1 robe de chambre en taffetas lilas ;
1 casaque en drap gris ;
1 casaque en velours noir ;
1 talma en soie noire ;
1 mantelet en velours gros bleu ;
1 mantelet en mousseline blanche brodée.

Marguerite avait appelé Camille et Madeleine pour voir toutes ces belles choses ; ce jour-là et les jours suivants, elles employèrent leur temps à habiller, déshabiller, coucher et lever la poupée.

Un après-midi, Mme de Fleurville les appela.

« Camille, Madeleine, Marguerite, mettez vos chapeaux ; nous allons faire une promenade.

CAMILLE

Allons vite avec maman ! Marguerite, laisse ta poupée et courons.

MARGUERITE

Non, j'emporte ma poupée avec moi ; je veux l'avoir toujours dans mes bras.

MADELEINE

Si tu la laisses traîner, elle sera sale et chiffonnée.

MARGUERITE

Mais je ne la laisserai pas traîner, puisque je la porterai dans mes bras.

CAMILLE

C'est bon, c'est bon ; laissons-la faire, Madeleine, elle verra bien tout à l'heure qu'une poupée gêne pour courir. »

Marguerite s'entêta à garder sa poupée, et toutes trois rejoignirent bientôt Mme de Fleurville.

« Où allons-nous, maman ? dit Camille.

— Au moulin de la forêt, mes enfants. »

Marguerite fit une petite grimace, parce que le moulin était au bout d'une longue avenue et que la poupée était un peu lourde pour ses petits bras.

Arrivée à la moitié du chemin, Mme de Fleurville, qui craignait que les enfants ne fussent fatiguées, s'assit au pied d'un gros arbre et leur dit de se reposer pendant qu'elle lirait ; elle tira un livre de sa poche ; Marguerite s'assit près d'elle, mais Camille et Madeleine, qui n'étaient pas fatiguées, couraient à droite, à gauche, cueillant des fleurs et des fraises.

« Camille, Camille, s'écria Madeleine, viens vite ; voici une grande place pleine de fraises. »

Camille accourut et appela Marguerite.

« Marguerite, Marguerite, viens vite aussi cueillir des fraises : elles sont mûres et excellentes. »

Marguerite se dépêcha de rejoindre ses amies, qui déposaient leurs fraises dans de grandes feuilles de châtaignier. Elle se mit aussi à en cueillir ; mais, gênée par sa poupée, elle ne pouvait à la fois les ramasser et les tenir dans sa main, où elles s'écrasaient à mesure qu'elle les cueillait.

« Que faire, mon Dieu ! de cette ennuyeuse poupée ? se dit-elle tout bas ; elle me gêne pour courir, pour cueillir et garder mes fraises. Si je la posais au pied de ce gros chêne ?... il y a de la mousse ; elle sera très bien. »

Elle assit la poupée au pied de l'arbre, sauta de joie d'en être débarrassée et cueillit des fraises avec ardeur.

Au bout d'un quart d'heure, Mme de Fleurville leva les yeux, regarda le ciel qui se couvrait de nuages, mit son livre dans la poche, se leva et appela les enfants.

« Vite, vite, mes petites, retournons à la maison : voilà un orage qui s'approche ; tâchons de rentrer avant que la pluie commence. »

Les trois petites accoururent avec leurs fraises et en offrirent à Mme de Fleurville.

MADAME DE FLEURVILLE

Nous n'avons pas le temps de nous régaler de fraises, mes enfants ; emportez-les avec vous. Voyez comme le ciel devient noir ; on entend déjà le tonnerre.

MARGUERITE

Ah ! mon Dieu ! j'ai peur.

MADAME DE FLEURVILLE

De quoi as-tu peur, Marguerite ?

MARGUERITE

Du tonnerre. J'ai peur qu'il ne tombe sur moi.

MADAME DE FLEURVILLE

D'abord, quand le tonnerre tombe, c'est généralement sur les arbres ou sur les cheminées, qui sont plus élevés et présentent une pointe aux nuages ; ensuite, le tonnerre ne te ferait aucun mal quand même il tomberait sur toi, parce que tu as un fichu de soie et des rubans de soie à ton chapeau.

MARGUERITE

Comment ? la soie chasse le tonnerre ?

MADAME DE FLEURVILLE

Oui, le tonnerre ne touche jamais aux personnes qui ont sur elles quelque objet en soie. L'été dernier, un de mes amis qui demeure à Paris, rue de Varenne, revenait chez lui par un orage épouvantable ; le tonnerre est tombé sur lui, a fondu sa montre, sa chaîne, les boucles de son gilet, les clefs qui étaient dans sa poche, les boutons d'or de son habit, sans lui faire aucun mal, sans même l'étourdir, parce qu'il avait une ceinture de soie qu'il porte pour se préserver de l'humidité.

MARGUERITE

Ah ! que je suis contente de savoir cela ! je n'aurai plus peur du tonnerre.

MADAME DE FLEURVILLE

Voilà le vent d'orage qui s'élève ; courons vite, dans dix minutes la pluie tombera à torrents. »

Les trois enfants se mirent à courir.

Mme de Fleurville suivait en marchant très vite ; mais elles avaient beau se dépêcher, l'orage marchait plus vite qu'elles, les gouttes commencèrent à tomber plus serrées, le vent soufflait avec violence ; les enfants avaient relevé leurs jupons sur leurs têtes, elles riaient tout en courant ; elles s'amusaient beaucoup de leurs jupons gonflés par le vent, des larges gouttes qui les mouillaient, et elles espéraient bien recevoir tout l'orage avant d'arriver à la maison. Mais elles entraient dans le vestibule au moment où la grêle et la pluie commençaient à leur fouetter le visage et à les tremper.

« Allez vite changer de souliers, de bas et de jupons, mes enfants », dit Mme de Fleurville.

Et elle-même monta dans sa chambre pour ôter ses vêtements mouillés.

Il fut impossible de sortir pendant tout le reste de la soirée ; la pluie continua de tomber avec violence ; les petites jouèrent à cache-cache dans la maison ; Mmes de Fleurville et de Rosbourg jouèrent avec elles jusqu'à huit heures. Marguerite alla se coucher ; Camille et Madeleine, fatiguées de leurs jeux, prirent chacune un livre ; elles lisaient attentivement : Camille, le *Robinson suisse,* Madeleine, les contes de Grimm, lorsque Marguerite accourut en chemise, nu-pieds, sanglotant et criant.

Camille et Madeleine jetèrent leurs livres et se précipitèrent avec terreur vers Marguerite. Mmes de Fleurville et de Rosbourg s'étaient aussi levées précipitamment et interrogeaient Marguerite sur la cause de ses cris.

Marguerite ne pouvait répondre ; les larmes la suffoquaient. Mme de Rosbourg examina ses bras, ses jambes, son corps et, s'étant assurée que la petite fille n'était pas blessée, elle s'inquiéta plus encore du désespoir de Marguerite.

Enfin elle put articuler : « Ma... poupée... ma... poupée...

— Qu'est-il donc arrivé ? demanda Mme de Rosbourg ; Marguerite... parle... je t'en prie.

— Ma... poupée... Ma belle... poupée est restée... dans... la forêt... au pied... d'un arbre... Ma poupée, ma pauvre poupée ! »

Et Marguerite recommença à sangloter de plus belle.

« Ta poupée neuve dans la forêt ! s'écria Mme de Rosbourg. Comment peut-elle être dans la forêt ?

— Je l'ai emportée à la promenade et je l'ai assise sous un gros chêne, parce qu'elle me gênait pour cueillir des fraises ; quand nous nous sommes sauvées à cause de l'orage, j'ai eu peur du tonnerre et je l'ai oubliée sous l'arbre.

— Peut-être le chêne l'aura-t-il préservée de la pluie. Mais pourquoi l'as-tu emportée ? Je t'ai toujours dit de ne pas emporter de poupée quand on va faire une promenade un peu longue.

— Camille et Madeleine m'ont conseillé de la laisser, mais je n'ai pas voulu.

— Voilà, ma chère Marguerite, comment le bon Dieu punit l'entêtement et la déraison ; il a permis que tu oubliasses ta pauvre poupée, et tu auras jusqu'à demain l'inquiétude de la savoir peut-être trempée et gâtée, peut-être déchirée par les bêtes qui habitent la forêt, peut-être volée par quelque passant.

— Je vous en prie, ma chère maman, dit Marguerite en joignant les mains, envoyez le domestique chercher ma poupée dans la forêt ; je lui expliquerai si bien où elle est qu'il la trouvera tout de suite.

— Comment ! tu veux qu'un pauvre domestique s'en aille par une pluie battante dans une forêt noire, au risque de se rendre malade ou d'être attaqué par un loup ? Je ne reconnais pas là ton bon cœur.

— Mais ma poupée, ma pauvre poupée, que va-t-elle devenir ? Mon Dieu, mon Dieu ! elle sera trempée, salie, perdue !

— Chère enfant, je suis très peinée de ce qui t'arrive, quoique ce soit par ta faute ; mais maintenant nous ne pouvons qu'attendre avec patience jusqu'à

demain matin. Si le temps le permet, nous irons chercher ta malheureuse poupée. »

Marguerite baissa la tête et s'en alla dans sa chambre en pleurant et en disant qu'elle ne dormirait pas de la nuit. Elle ne voulait pas se coucher, mais sa bonne la mit de force dans son lit ; après avoir sangloté pendant quelques minutes, elle s'endormit et ne se réveilla que le lendemain matin.

Il faisait un temps superbe : Marguerite sauta de son lit pour s'habiller et courir bien vite à la recherche de sa poupée.

Quand elle fut lavée, coiffée et habillée, et qu'elle eut déjeuné, elle courut rejoindre ses amies et sa maman, qui étaient prêtes depuis longtemps et qui l'attendaient pour partir.

« Partons, s'écrièrent-elles toutes ensemble ; partons vite, chère maman, nous voici toutes les trois.

— Allons, marchons d'un bon pas et arrivons à l'arbre où la pauvre poupée a passé une si mauvaise nuit. »

Tout le monde se mit en route ; les mamans marchaient vite, vite ; les petites filles couraient plutôt qu'elles ne marchaient, tant elles étaient impatientes d'arriver ; aucune d'elles ne parlait, leur cœur battait à mesure qu'elles approchaient.

« Je vois le grand chêne au pied duquel elle doit être », dit Marguerite.

Encore quelques minutes, et elles arrivèrent près de l'arbre. Pas de poupée ; rien qui indiquât qu'elle aurait dû être là.

Marguerite regardait ses amies d'un air consterné ; Camille et Madeleine étaient désolées.

« Mais, demanda Mme de Rosbourg, es-tu bien sûre de l'avoir laissée ici ?

— Bien sûre, maman, bien sûre.

— Hélas ! en voici la preuve », dit Madeleine en ramassant dans une touffe d'herbe une petite pantoufle de satin bleu.

Marguerite prit la pantoufle, la regarda, puis se mit à pleurer. Personne ne dit rien ; les mamans reprirent le chemin de la maison, et les petites filles les suivirent tristement. Chacune se demandait :

« Qu'est donc devenue cette poupée ? Comment n'en est-il rien resté ? La pluie pouvait l'avoir trempée et salie, mais elle n'a pu la faire disparaître ! Les loups ne mangent pas les poupées ; ce n'est donc pas un loup qui l'a emportée. »

Tout en réfléchissant et en se désolant, elles arrivèrent à la maison. Marguerite alla dans sa chambre, prit toutes les affaires de sa poupée perdue, les plia proprement et les remit dans les tiroirs de la commode, comme elle les avait trouvées ; elle ferma les tiroirs, retira la clef et alla la porter à Camille.

« Tiens, Camille, lui dit-elle, voici la clef de ma petite commode ; mets-la, je te prie, dans ton bureau ; puisque ma pauvre poupée est perdue, je veux garder ses affaires. Quand j'aurai assez d'argent, j'en achèterai une tout à fait pareille, à laquelle les robes et les chapeaux pourront aller. »

Camille ne répondit pas, embrassa Marguerite, prit la clef et la serra dans un des tiroirs de son bureau, en disant : « Pauvre Marguerite ! »

Madeleine n'avait rien dit ; elle souffrait du chagrin de Marguerite et ne savait comment la consoler. Tout à coup, son visage s'anime, elle se lève, court à

son sac à ouvrage, en tire une bourse et revient en courant près de Marguerite.

« Tiens, ma chère Marguerite, voici de quoi acheter une poupée ; j'ai amassé trente-cinq francs pour faire emplette de livres dont je n'ai pas besoin ; je suis enchantée de ne pas les avoir encore achetés, tu auras une poupée exactement semblable à celle que tu as perdue.

— Merci, ma bonne, ma chère Madeleine ! dit Marguerite, qui était devenue rouge de joie. Oh ! merci, merci. Je vais demander à maman de me la faire acheter. »

Et elle courut chez Mme de Rosbourg qui lui promit de lui faire acheter sa poupée la prochaine fois que l'on irait à Paris.

Chapitre 11

Jeannette la voleuse

Madeleine avait reçu les éloges que méritait son généreux sacrifice ; trois jours s'étaient passés depuis la disparition de la poupée ; Marguerite attendait avec une vive impatience que quelqu'un allât à Paris pour lui apporter la poupée promise. En attendant, elle s'amusait avec celle de Madeleine. Il faisait chaud, et les enfants étaient établies dans le jardin, sous des arbres touffus. Madeleine lisait. Camille tressait une couronne de pâquerettes pour la poupée, que Marguerite peignait avant de lui mettre la couronne sur la tête. La petite boulangère, nommée Suzanne, qui apportait deux pains à la cuisine, passa près d'elle. Elle s'arrêta devant Marguerite, regarda attentivement la poupée et dit :

« Elle est tout de même jolie, votre poupée, mam'selle !

MARGUERITE

Tu n'en as jamais vu de si jolie, Suzanne ?

SUZANNE

Pardon, mam'selle, j'en ai vu une plus belle que la vôtre, et pas plus tard qu'hier encore.

MARGUERITE

Plus jolie que celle-ci ! Et où donc, Suzanne ?

SUZANNE

Ah ! près d'ici, bien sûr. Elle a une belle robe de soie lilas ; c'est Jeannette qui l'a.

MARGUERITE

Jeannette, la petite meunière ! Et qui lui a donné cette belle poupée ?

SUZANNE

Ah ! je ne sais pas, mam'selle ; elle l'a depuis trois jours. »

Camille, Madeleine et Marguerite se regardèrent d'un air étonné : toutes trois commençaient à soupçonner que la jolie poupée de Jeannette pouvait bien être celle de Marguerite.

CAMILLE

Et cette poupée a-t-elle des sabots ?

SUZANNE, *riant.*

Oh ! pour ça non, mam'selle ; elle a un pied chaussé d'un beau petit soulier bleu, et l'autre est nu ; elle a aussi un petit chapeau de paille avec une plume blanche.

MARGUERITE, *s'élançant de sa chaise.*

C'est ma poupée, ma pauvre poupée que j'ai laissée il y a trois jours sous un chêne, lorsqu'il a fait un si gros orage, et que je n'ai pas retrouvée depuis.

SUZANNE

Ah bien ! Jeannette m'a dit qu'on lui avait donné la belle poupée, mais qu'il ne fallait pas en parler, parce que ça ferait des jaloux.

CAMILLE, *bas à Marguerite.*

Laisse aller Suzanne, et courons dire à maman ce qu'elle vient de nous raconter. »

Camille, Madeleine et Marguerite se levèrent et coururent au salon, où Mme de Fleurville était à écrire, pendant que Mme de Rosbourg jouait du piano.

CAMILLE ET MADELEINE, *très précipitamment.*

Madame, madame, voulez-vous nous laisser aller au moulin ? Jeannette a la poupée de Marguerite ; il faut qu'elle la rende.

MADAME DE ROSBOURG

Quelle folie ! mes pauvres enfants, vous perdez la tête ! Comment est-il possible que la poupée de

Marguerite se soit sauvée dans la maison de Jeannette ?

MADELEINE

Mais, madame, Suzanne l'a vue ! Jeannette lui a dit de ne pas en parler et qu'on la lui avait donnée.

MADAME DE FLEURVILLE

Ma pauvre fille, c'est quelque poupée de vingt-cinq sous habillée en papier qu'on aura donnée à Jeannette, et que Suzanne trouve superbe, parce qu'elle n'en a jamais vu de plus belle.

MARGUERITE

Mais non, madame, c'est bien sûr ma poupée ; elle a une robe de taffetas lilas, un seul soulier de satin bleu, et un chapeau de paille avec une plume blanche.

MADAME DE ROSBOURG

Écoute, ma petite Marguerite, va me chercher Suzanne ; je la questionnerai moi-même, et, si j'ai des raisons de penser que Jeannette a ta poupée, nous allons partir tout de suite pour le moulin. »

Marguerite partit comme une flèche et revint deux minutes après, traînant la petite Suzanne, toute honteuse de se trouver dans un si beau salon, en présence de ces dames.

MADAME DE ROSBOURG

N'aie pas peur, ma petite Suzanne ; je veux seulement te demander quelques détails sur la belle poupée de Jeannette. Est-il vrai qu'elle a une poupée très jolie et très bien habillée ?

SUZANNE

Pour ça, oui, madame ; elle est tout à fait jolie.

MADAME DE ROSBOURG

Comment est sa robe ?

SUZANNE

En soie lilas, madame.

MADAME DE ROSBOURG

Et son chapeau ?

SUZANNE

En paille, madame ; et tout rond, avec une plume blanche et des affiquets de velours noir.

MADAME DE ROSBOURG

T'a-t-elle dit qui lui avait donné cette poupée ?

SUZANNE

Pour ça non, madame ; elle n'a point voulu nommer personne parce qu'on le lui a défendu, qu'elle dit.

MADAME DE ROSBOURG

Y a-t-il longtemps qu'elle a cette poupée ?

SUZANNE

Il y a trois jours, madame ; elle dit qu'elle l'a rapportée de la ville le jour de l'orage.

MADAME DE ROSBOURG

Merci, ma petite Suzanne ; tu peux t'en aller ; voici des pralines pour t'amuser en route. »

Et elle lui mit dans la main un gros cornet de pralines ; Suzanne rougit de plaisir, fit une révérence et s'en alla.

« Chère amie, dit Mme de Fleurville à Mme de Rosbourg, il me paraît certain que Jeannette a la poupée de Marguerite ; allons-y toutes. Mettez vos chapeaux, petites, et dépêchons-nous de nous rendre au moulin. »

Les enfants ne se le firent pas dire deux fois ; en trois minutes, elles furent prêtes à partir. Tout le monde se mit en marche ; au lieu de la consternation et du silence qui avaient attristé la même promenade, trois jours auparavant, les enfants s'agitaient, allaient et venaient, se dépêchaient et parlaient toutes à la fois.

Elles marchèrent si vite, qu'on arriva en moins d'une demi-heure. Les petites allaient se précipiter toutes trois dans le moulin en appelant Jeannette et en demandant la poupée. Mme de Rosbourg les arrêta et leur dit :

« Ne dites pas un mot, mes enfants, ne témoignez aucune impatience ; tenez-vous près de moi et ne parlez que lorsque vous verrez la poupée. »

Les petites eurent de la peine à se contenir ; leurs yeux étincelaient, leurs narines se gonflaient, leur bouche s'ouvrait pour parler, leurs jambes les emportaient malgré elles ; mais les mamans les firent passer derrière, et toutes cinq entrèrent ainsi au moulin.

La meunière vint ouvrir, fit beaucoup de révérences et présenta des chaises.

« Asseyez-vous, mesdames, mesdemoiselles, voici des chaises basses. »

Mme de Fleurville, Mme de Rosbourg et les enfants s'assoient ; les trois petites s'agitent sur leurs chaises ; Mme de Rosbourg leur fait signe de ne pas montrer d'impatience.

MADAME DE FLEURVILLE

Eh bien, mère Léonard, comment cela va-t-il ?

LA MEUNIÈRE

Madame est bien honnête ; ça va bien, Dieu merci.

MADAME DE FLEURVILLE

Et votre fille, Jeannette, où est-elle ?

MÈRE LÉONARD

Ah ! je ne sais point, madame ; peut-être bien au moulin.

MADAME DE FLEURVILLE

Mes filles voudraient la voir ; appelez-la donc...

MÈRE LÉONARD, *allant à la porte.*

Jeannette, Jeannette ! *(Après un moment d'attente.)* Jeannette, arrive donc ! où t'es-tu fourrée ? Elle ne vient point ! faut croire qu'elle n'ose pas.

MADAME DE FLEURVILLE

Pourquoi n'ose-t-elle pas ?

MÈRE LÉONARD

Ah ! quand elle voit ces dames, ça lui fait toujours quelque chose ; elle s'émotionne de la joie qu'elle a.

MADAME DE FLEURVILLE

Je voudrais bien lui parler pourtant ; si elle est sage et bonne fille, je lui ai apporté un joli fichu de soie et un beau tablier pour les dimanches. »

La mère Léonard s'agite, appelle sa fille, court de la maison au moulin et ramène, en la traînant par le bras, Jeannette qui s'était cachée et qui se débat vivement.

MÈRE LÉONARD

Vas-tu pas finir, méchante, malapprise ?

JEANNETTE, *criant.*

Je veux m'en aller ; lâchez-moi ; j'ai peur.

MÈRE LÉONARD

De quoi que t'as peur, sans-cœur ? Ces dames vont-elles pas te manger ? »

Jeannette cesse de se débattre ; la mère Léonard lui lâche le bras ; Jeannette se sauve et s'enfuit dans sa chambre. La mère Léonard est furieuse, elle craint que le fichu et le tablier ne lui échappent ; elle appelle Jeannette :

« Méchante enfant, s'écrie-t-elle, petite drôlesse, je

te vas quérir et je te vas cingler les reins ; tu vas voir. »

Mme de Fleurville l'arrête et lui dit : « N'y allez pas, mère Léonard ; laissez-moi lui parler : je la trouverai, allez, je connais bien la maison. »

Et Mme de Fleurville entra chez Jeannette, suivie de la mère Léonard. Elles la trouvèrent cachée derrière une chaise. Mme de Fleurville, sans mot dire, la tira de sa cachette, s'assit sur la chaise et, lui tenant les deux mains, lui dit :

« Pourquoi te caches-tu, Jeannette ? Les autres fois, tu accourais au-devant de moi quand je venais au moulin. »

Pas de réponse ; Jeannette reste la tête baissée.

« Jeannette, où as-tu trouvé la belle poupée qu'on a vue chez toi l'autre jour ?

JEANNETTE, *avec vivacité.*

Suzanne est une menteuse ; elle n'a point vu de poupée ; je ne lui ai rien dit ; je n'ai parlé de rien, c'est des menteries qu'elle vous a faites.

MADAME DE FLEURVILLE

Comment sais-tu que c'est Suzanne qui me l'a dit ?

JEANNE, *très vivement.*

Parce qu'elle me fait toujours de méchantes choses ; elle vous a conté des sottises.

MADAME DE FLEURVILLE

Mais encore une fois, pourquoi accuses-tu Suzanne, puisque je ne te l'ai pas nommée ?

JEANNETTE

Faut pas croire Suzanne ni les autres ; je n'ai point dit qu'on m'avait donné la poupée ; je n'en ai point, de poupée ; c'est tout des menteries.

MADAME DE FLEURVILLE

Plus tu parles et plus je vois que c'est toi qui mens ; tu as peur que je ne te reprenne la poupée que tu as trouvée dans le bois le jour de l'orage.

JEANNETTE

Je n'ai peur de rien ; je n'ai rien trouvé sous le chêne et je n'ai point la poupée de Mlle Marguerite.

MADAME DE FLEURVILLE

Comment sais-tu que c'est de la poupée de Mlle Marguerite que je te parle et qu'elle était sous le chêne ? »

Jeannette, voyant qu'elle se trahissait de plus en plus, se mit à crier et à se débattre. Mme de Fleurville la laissa aller et commença la recherche de la poupée ; elle ouvrit l'armoire et le coffre, mais n'y trouva rien ; enfin, voyant que Jeannette s'était réfugiée près du lit, comme pour empêcher qu'on ne cherchât de ce côté, elle se baissa et aperçut la poupée sous le lit, tout au fond ; elle se retourna vers la mère Léonard et lui ordonna d'un air sévère de retirer la poupée. La mère Léonard obéit en tremblant et remit la poupée à Mme de Fleurville.

« Saviez-vous, dit Mme de Fleurville, que votre fille avait cette poupée ?

— Pour ça non, ma bonne chère dame, répondit la mère Léonard ; si je l'avais su, je la lui aurais fait reporter au château, car elle sait bien que cette poupée est à Mlle Marguerite ; nous l'avions trouvée bien jolie, la dernière fois que Mlle Marguerite l'a apportée. *(Se retournant vers Jeannette.)* Ah ! mauvaise créature, vilaine petite voleuse, tu vas voir comme je te corrigerai. Je t'apprendrai à faire des voleries et puis des menteries encore, que j'en suis toute tremblante. Je voyais bien que tu mentais à madame, dès que tu as ouvert ta bouche pleine de menteries. Tu vas avoir le fouet tout à l'heure : tu ne perdras rien pour attendre. »

Jeannette pleurait, criait, suppliait, protestait qu'elle ne le ferait plus jamais. La mère Léonard, loin de se laisser attendrir, la repoussait de temps en temps avec un soufflet ou un bon coup de poing. Mme de Fleurville, craignant que la correction ne fût trop forte, chercha à calmer la mère Léonard et réussit à lui faire promettre qu'elle ne fouetterait pas Jeannette et qu'elle se contenterait de l'enfermer dans sa chambre pour le reste de la journée. Les enfants étaient consternées de cette scène ; les mensonges répétés de Jeannette, sa confusion devant la poupée retrouvée, la colère et les menaces de la mère Léonard les avaient fait trembler. Mme de Fleurville remit à Marguerite sa poupée sans mot dire, dit adieu à la mère Léonard et sortit avec Mme de Rosbourg, suivie des trois enfants. Elles marchaient depuis quelques instants en silence, lorsqu'un cri perçant les fit toutes s'arrêter ; il fut suivi d'autres cris plus perçants, plus aigus encore : c'était Jeannette qui recevait le fouet de la mère Léonard. Elle la fouetta longtemps : car, à une

grande distance, les enfants, qui s'étaient remises en marche, entendaient encore les hurlements, les supplications de la petite voleuse. Cette fin tragique de l'histoire de la poupée perdue les laissa pour toute la journée sous l'impression d'une grande tristesse, d'une vraie terreur.

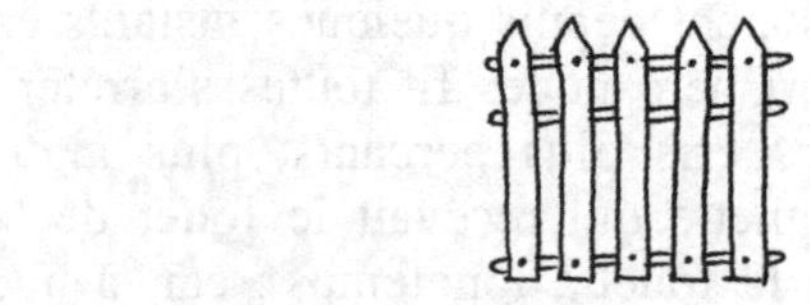

Chapitre 12

Visite chez Sophie

« Mais chairs amie, veuné dinné chés moi demin ; mamman demand ça à votr mamman ; nous dinron à sainq eure pour joué avan é allé promené aprais. Je pari que j'ai fé de fôtes ; ne vous moké pas de moi, je vous pri !

Sofie, votr ami. »

Camille reçut ce billet quelques jours après l'histoire de la poupée ; elle ne put s'empêcher de rire en voyant ces énormes fautes d'orthographe ; comme elle était très bonne, elle ne les montra pas à Madeleine et à Marguerite ; elle alla chez sa maman.

CAMILLE

Maman, Sophie m'écrit que Mme Fichini nous engage toutes à dîner chez elle demain.

MADAME DE FLEURVILLE

Aïe, aïe ! quel ennui ! Est-ce que ce dîner t'amusera, Camille ?

CAMILLE

Beaucoup, maman. J'aime assez cette pauvre Sophie, qui est si malheureuse.

MADAME DE FLEURVILLE

C'est bien généreux à toi, ma pauvre Camille, car elle t'a fait punir et gronder deux fois.

CAMILLE

Oh ! maman, elle a été si fâchée après !

MADAME DE FLEURVILLE, *embrassant Camille.*

C'est bien, très bien, ma bonne petite Camille ; réponds-lui donc que nous irons demain bien certainement. »

Camille remercia sa maman, courut prévenir, Madeleine et Marguerite, et répondit à Sophie :

« Ma chère Sophie,

« Maman et Mme de Rosbourg iront dîner demain chez ta belle-mère ; elles nous emmèneront, Madeleine, Marguerite et moi. Nous sommes très contentes ; nous ne mettrons pas de belles robes pour pouvoir jouer à notre aise. Adieu, ma chère Sophie, je t'embrasse.

Camille de FLEURVILLE. »

Toute la journée, les petites filles furent occupées de la visite du lendemain. Marguerite voulait mettre une robe de mousseline blanche ; Madeleine et Camille voulaient de simples robes en toile. Mme de Rosbourg trancha la question en conseillant les robes de toile.

Marguerite voulait emporter sa belle poupée ; Camille et Madeleine lui dirent :

« Prends garde, Marguerite : souviens-toi du gros chêne et de Jeannette.

MARGUERITE

Mais demain il n'y aura pas d'orage, ni de forêt, ni de Jeannette.

MADELEINE

Non, mais tu pourrais l'oublier quelque part, ou la laisser tomber et la casser.

MARGUERITE

C'est ennuyeux de toujours laisser ma pauvre poupée à la maison. Pauvre petite ! elle s'ennuie ! Jamais elle ne sort ! jamais elle ne voit personne ! »

Camille et Madeleine se mirent à rire ; Marguerite, après un instant d'hésitation, rit avec elles et avoua qu'il était plus raisonnable de laisser la poupée à la maison.

Le lendemain matin, les petites filles travaillèrent comme de coutume ; à deux heures, elles allèrent s'habiller, et à deux heures et demie elles montèrent en calèche découverte ; Mmes de Rosbourg et de Fleur-

ville s'assirent au fond ; les trois petites prirent place sur le devant. Il faisait un temps magnifique, et, comme le château de Mme Fichini n'était qu'à une lieue, le voyage dura à peine vingt minutes. La grosse Mme Fichini les attendait sur le perron ; Sophie se tenait en arrière, n'osant pas se montrer, de crainte des soufflets.

« Bonjour, chères dames, s'écria Mme Fichini ; bonjour, chères demoiselles ; comme c'est aimable d'arriver de bonne heure ! les enfants auront le temps de jouer, et nous autres mamans, nous causerons. J'ai une grâce à vous demander, chères dames ; je vous expliquerai cela ; c'est pour ma vaurienne de Sophie ; je veux vous en faire cadeau pour quelques semaines, si vous voulez bien l'accepter et la garder pendant un voyage que je dois faire. »

Mme de Fleurville, surprise, ne répondit rien ; elle attendit que Mme Fichini lui expliquât le cadeau incommode qu'elle désirait lui faire. Ces dames entrèrent dans le salon, les enfants restèrent dans le vestibule.

« Qu'est-ce qu'a dit ta belle-mère, Sophie ? demanda Marguerite, qu'elle voulait te donner à maman ? Où veut-elle donc aller sans toi ?

— Je n'en sais rien, répondit Sophie en soupirant ; je sais seulement que depuis deux jours elle me bat souvent et qu'elle veut me laisser seule ici pendant qu'elle fera un voyage en Italie.

— En seras-tu fâchée ? dit Camille.

— Oh ! pour cela non, surtout si je vais demeurer chez vous : je serai si heureuse avec vous ! Jamais battue, jamais injustement grondée, je ne serai plus seule, abandonnée pendant des journées entières, n'ap-

prenant rien, ne sachant que faire, m'ennuyant. Il m'arrive bien souvent de pleurer plusieurs heures de suite, sans que personne y fasse attention, sans que personne cherche à me consoler. »

Et la pauvre Sophie versa quelques larmes ; les trois petites l'entourèrent, l'embrassèrent et réussirent à la consoler ; dix minutes après, elles couraient dans le jardin et jouaient à cache-cache ; Sophie riait et s'amusait autant que les autres.

Après deux heures de courses et de jeux, comme elles avaient très chaud, elles rentrèrent à la maison.

« Dieu ! que j'ai soif ! dit Sophie.

MADELEINE

Pourquoi ne bois-tu pas ?

SOPHIE

Parce que ma belle-mère me le défend.

MARGUERITE

Comment ! Tu ne peux même pas boire un verre d'eau ?

SOPHIE

Rien absolument, jusqu'au dîner, et à dîner un verre seulement.

MARGUERITE

Pauvre Sophie, mais c'est affreux cela. »

« Sophie, Sophie ! criait en ce moment la voix

furieuse de Mme Fichini. Venez ici, mademoiselle, tout de suite. »

Sophie, pâle et tremblante, se dépêcha d'entrer au salon où était Mme Fichini. Camille, Madeleine et Marguerite avaient peur pour la pauvre Sophie ; elles restèrent dans le petit salon, tremblant aussi et écoutant de toutes leurs oreilles.

MADAME FICHINI, *avec colère.*

Approchez, petite voleuse ; pourquoi avez-vous bu le vin ?

SOPHIE, *tremblante.*

Quel vin, maman ? Je n'ai pas bu de vin.

MADAME FICHINI, *la poussant rudement.*

Quel vin, menteuse ? Celui du carafon qui est dans mon cabinet de toilette.

SOPHIE, *pleurant.*

Je vous assure, maman, que je n'ai pas bu votre vin, que je ne suis pas entrée dans votre cabinet.

MADAME FICHINI

Ah ! vous n'êtes pas entrée dans mon cabinet ! et vous n'êtes pas entrée par la fenêtre ! et qu'est-ce donc que ces marques que vos pieds ont laissées sur le sable, devant la fenêtre du cabinet ?

SOPHIE

Je vous assure, maman... »

Mme Fichini ne lui permit pas d'achever : elle se précipita sur elle, la saisit par l'oreille, l'entraîna dans la chambre à côté, et malgré les protestations et les pleurs de Sophie elle se mit à la fouetter, à la battre jusqu'à ce que ses bras fussent fatigués. Mme Fichini sortit du cabinet toute rouge de colère. La malheureuse Sophie la suivait en sanglotant ; au moment où elle s'apprêtait à quitter le salon pour aller retrouver ses amies, Mme Fichini se retourna vers elle et lui donna un dernier soufflet, qui la fit trébucher ; après quoi, essoufflée, furieuse, elle revint s'asseoir sur le canapé. L'indignation empêchait ces dames de parler ; elles craignaient, si elles laissaient voir ce qu'elles éprouvaient, que l'irritation de cette méchante femme ne s'en accrût encore, et qu'elle ne renonçât à l'idée de laisser Sophie à Fleurville pendant le voyage qu'elle devait bientôt commencer. Toutes trois gardaient le silence ; Mme Fichini s'éventait. Mmes de Fleurville et de Rosbourg travaillaient à leur tapisserie sans mot dire.

MADAME FICHINI

Ce qui vient de se passer, mesdames, me donne plus que jamais le désir de me séparer de Sophie ; je crains seulement que vous ne vouliez pas recevoir chez vous une fille si méchante et si insupportable.

MADAME DE FLEURVILLE, *froidement.*

Je ne redoute pas, madame, la méchanceté de Sophie ; je suis bien sûre que je me ferai obéir d'elle sans difficulté.

MADAME FICHINI

Ainsi donc, vous voulez bien consentir à m'en débarrasser ? Je vous préviens que mon absence sera longue ; je ne reviendrai pas avant deux ou trois mois.

MADAME DE FLEURVILLE, *toujours avec froideur.*

Ne vous inquiétez pas du temps que durera votre absence, madame, je suis enchantée de vous rendre ce service.

MADAME FICHINI

Dieu ! que vous êtes bonne, chère dame ! que je vous remercie ! Ainsi je puis faire mes préparatifs de voyage ?

MADAME DE FLEURVILLE, *sèchement.*

Quand vous voudrez, madame.

MADAME FICHINI

Comment ! je pourrais partir dans trois jours ?

MADAME DE FLEURVILLE

Demain, si vous voulez.

MADAME FICHINI

Quel bonheur ! que vous êtes donc aimable ! Ainsi, je vous enverrai Sophie après-demain.

MADAME DE FLEURVILLE

Très bien, madame ; je l'attendrai.

MADAME FICHINI

Surtout, chère dame, ne la gâtez pas, corrigez-la sans pitié : vous voyez comment il faut s'y prendre avec elle. »

Cependant Sophie allait rejoindre ses amies, pâles d'effroi et d'inquiétude ; elles avaient tout entendu ; elles croyaient que Sophie, tourmentée par la soif, avait réellement bu le vin du cabinet de toilette et qu'elle n'avait pas osé l'avouer, dans la crainte d'être battue.

« Ma pauvre Sophie, dit Camille en serrant la main de Sophie qui pleurait, que je te plains ! comme je suis peinée que tu n'aies pas avoué à ta belle-mère que tu avais bu ce vin parce que tu mourais de soif ! Elle ne t'aurait pas fouettée plus fort : c'eût été le contraire, peut-être.

— Je n'ai pas bu ce vin, répondit Sophie en sanglotant ; je t'assure que je ne l'ai pas bu.

— Mais qu'est-ce donc que ces pas sur le sable dont parlait ta belle-mère ? Ce n'est pas toi qui as sauté par la fenêtre ? demanda Madeleine.

— Non, non, ce n'est pas moi ; je ne mentirais pas avec toi, et je t'assure que je n'ai pas passé par la fenêtre et que je n'ai pas touché à ce vin. »

Après quelques explications qui ne leur apprirent

pas quel pouvait être le vrai coupable, les enfants réparèrent de leur mieux le désordre de la toilette de la pauvre Sophie ; Camille lui rattacha sa robe, Madeleine lui peigna les cheveux, Marguerite lui lava les mains et la figure ; ses yeux restèrent pourtant gonflés. Elles allèrent ensuite au jardin pour voir les fleurs, cueillir des bouquets et faire une visite à la jardinière.

Chapitre 13

Visite au potager

Sophie, qui avait toujours le cœur bien gros et la démarche gênée par les coups qu'elle avait reçus, laissa ses amies admirer les fleurs et cueillir des bouquets, et alla s'asseoir chez la jardinière.

MÈRE LOUCHET

Bonjour, mam'selle ; je vous voyais venir boitinant, vous avez l'air tout chose. Seriez-vous malade comme Palmyre, qui s'est donné une entorse et qui ne peut quasi pas marcher ?

SOPHIE

Non, mère Louchet, je ne suis pas malade.

MÈRE LOUCHET

Ah ! bien, c'est que votre maman a encore fait des siennes ; elle frappe dur quand elle tape sur vous.

C'est qu'elle n'y regarde pas : la tête, le cou, les bras, tout lui est bon. »

Sophie ne répondit pas ; elle pleurait.

MÈRE LOUCHET

Voyons, mam'selle, faut pas pleurer comme ça ; faut pas être honteuse ; ça fait de la peine, voyez-vous ; nous savons bien que ce n'est pas tout rose pour vous. Je disais bien à ma Palmyre : « Ah ! si je te corrigeais comme madame corrige mam'selle Sophie, tu ne serais pas si désobéissante. » Si vous aviez vu, tantôt, comme elle m'est revenue, sa robe pleine de taches, sa main et sa figure couvertes de sable ! c'est qu'elle est tombée rudement, allez !

SOPHIE

Comment est-elle tombée ?

MÈRE LOUCHET

Ah ! je n'en sais rien ! elle ne veut pas le dire, tout de même. Sans doute qu'elle jouait au château, puisque nous n'avons point de sable ici ; puis sa robe a des taches rouges comme du vin ; nous n'avons que du cidre ; nous ne connaissons pas le vin, nous.

SOPHIE, *étonnée.*

Du vin ! où a-t-elle eu du vin ?

MÈRE LOUCHET

Ah ! je n'en sais rien ; elle ne veut pas le dire.

SOPHIE

Est-ce qu'elle a pris le vin du cabinet de ma belle-mère ?

MÈRE LOUCHET

Ah ! peut-être bien ; elle y va souvent porter des herbes pour les bains de votre maman ; ça se pourrait bien qu'elle eût bu un coup et qu'elle n'osât pas le dire. Ah ! c'est que, si je le savais, je la fouetterais ferme, tout comme votre maman vous fouette.

SOPHIE

Ma belle-mère m'a fouettée parce qu'elle a cru que j'avais bu son vin, et ce n'est pas moi pourtant. »

La mère Louchet changea de visage ; elle prit un air indigné :

« Serait-il possible, s'écria-t-elle, pauvre petite mam'selle, que ma Palmyre ait fait ce mauvais coup et que vous ayez souffert pour elle ? Ah ! mais... elle ne l'emportera pas en paradis, bien sûr... Palmyre, viens donc un peu que je te parle.

PALMYRE, *dans la chambre à côté.*

Je ne peux pas, maman ; mon pied me fait trop mal.

MÈRE LOUCHET

Eh bien, je vais aller près de toi, et mam'selle Sophie aussi. »

Toutes deux entrent chez Palmyre, qui est étendue sur son lit, le pied nu et enflé.

MÈRE LOUCHET

Dis donc, la Malice, où t'es-tu foulé la jambe comme ça ? »

Palmyre rougit et ne répond pas.

MÈRE LOUCHET

Je te vas dire, moi : t'es entrée dans le cabinet de madame pour les herbes du bain ; t'as vu la bouteille, t'as voulu goûter, t'as répandu sur ta robe tout en goûtant, t'as voulu descendre par la fenêtre, t'as tombé et t'as pas osé me le dire, parce que tu savais bien que je te régalerais d'une bonne volée. Eh ?...

PALMYRE, *pleurant.*

Oui, maman, c'est vrai, c'est bien cela : mais le bon Dieu m'a punie, car je souffre bien de ma jambe et de mon bras.

MÈRE LOUCHET

Et sais-tu que la pauvre mam'selle a été fouettée par madame, qu'elle en est toute souffreteuse et tout éclopée ? Et tu crois que je te vas passer cela sans dire quoi et que je ne vas pas te donner une raclée ?

SOPHIE, *avec effroi.*

Oh ! ma bonne mère Louchet, si vous avez de l'amitié pour moi, je vous prie, ne la punissez pas ; voyez comme elle souffre de son pied. Maudit vin ! il a déjà causé bien du mal chez nous ; n'y pensez plus, ma bonne mère Louchet, et pardonnez à Palmyre comme je lui pardonne.

PALMYRE, *joignant les mains.*

Oh ! mam'selle, que vous êtes bonne ! que j'ai de regret que vous ayez été battue pour moi ! Ah ! si j'avais su, jamais je n'aurais touché à ce vin de malheur. Oh ! mam'selle, pardonnez-moi ! le bon Dieu vous le revaudra. »

Sophie s'approcha du lit de Palmyre, lui prit les mains et l'embrassa. La mère Louchet essuya une larme et dit : « Tu vois, Palmyre, ce que c'est que d'avoir de la malice ; voilà mam'selle Sophie qu'est toute comme si elle s'était battue avec une armée de chats ; c'est toi qu'es cause de tout cela ; eh bien, est-ce qu'elle t'en tient de la rancune ? Pas la moindre, et encore elle demande ta grâce. Et que tu peux lui brûler encore une fière chandelle ! car je t'aurais châtiée de la bonne manière. Mais, par égard pour cette bonne mam'selle, je te pardonne ; prie le bon Dieu qu'il te pardonne bien aussi ; t'as fait une sottise pommée, vois-tu, ne recommence pas. »

Palmyre pleurait d'attendrissement et de repentir ; Sophie était heureuse d'avoir épargné à Palmyre les douleurs qu'elle venait de ressentir elle-même si rudement. La mère Louchet était reconnaissante de n'avoir pas à battre Palmyre, qu'elle aimait tendrement, et qu'elle ne punissait jamais sans un vif chagrin : elle remercia donc Sophie du fond du cœur. Au milieu de cette scène, Camille, Madeleine et Marguerite entrèrent ; la mère Louchet leur raconta ce qui venait de se passer et combien Sophie avait été généreuse pour Palmyre. Sophie fut embrassée et approuvée par ses trois amies.

« Ma bonne Sophie, lui demanda Camille, ne te

sens-tu pas heureuse d'avoir épargné à Palmyre la punition qu'elle méritait, et d'avoir résisté au désir de te venger de ce que tu avais injustement souffert par sa faute ?

— Oui, chère Camille, répondit Sophie ; je suis heureuse d'avoir obtenu son pardon, mais je ne me sentais aucun désir de vengeance ; je sais combien est terrible la punition dont elle était menacée et j'avais aussi peur pour elle que j'aurais eu peur pour moi-même. »

Camille et Madeleine embrassèrent encore Sophie ; puis toutes quatre dirent adieu à Palmyre et à la mère Louchet, et rentrèrent à la maison, car la cloche du dîner venait de sonner.

Chapitre 14

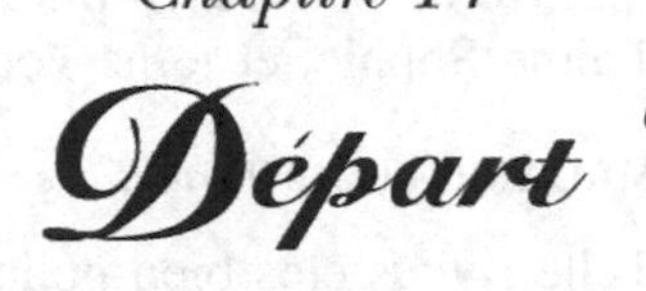

Sophie avait peur de rentrer au salon. Elle pria ses amies d'entrer les premières pour que sa belle-mère ne l'aperçût pas ; mais elle eut beau se cacher derrière Camille, Madeleine et Marguerite, elle ne put échapper à l'œil de Mme Fichini, qui s'écria :

« Comment oses-tu revenir au salon ? Crois-tu que je laisserai dîner à table une voleuse, une menteuse comme toi ?

— Madame, répliqua courageusement Madeleine, Sophie est innocente ; nous savons maintenant qui a bu votre vin ; elle a dit vrai en vous assurant que ce n'était pas elle.

— Ta, ta, ta, ma belle petite ; elle vous aura conté quelque mensonge ; je la connais, allez, et je la ferai dîner dans sa chambre.

— Madame, dit à son tour Marguerite avec colère, c'est vous qui êtes méchante ; Sophie est très bonne ; c'est Palmyre qui a bu le vin, et Sophie a demandé

son pardon à sa maman qui voulait la fouetter, et vous avez voulu battre la pauvre Sophie sans vouloir l'écouter, et j'aime Sophie, et je ne vous aime pas.

MADAME FICHINI, *riant avec effort.*

Bravo, la belle ! vous êtes bien polie, bien aimable en vérité ! Votre histoire de Palmyre est bien inventée.

CAMILLE

Marguerite dit vrai, madame : Palmyre a apporté des herbes dans votre cabinet, a bu votre vin, a sauté par la fenêtre et s'est donné une entorse ; elle a tout avoué à sa maman, qui voulait la fouetter et qui lui a pardonné, grâce aux supplications de Sophie. Vous voyez, madame, que Sophie est innocente, qu'elle est très bonne, et nous avons toutes beaucoup d'amitié pour elle.

MADAME DE ROSBOURG

Vous voyez aussi, madame, que vous avez puni Sophie injustement et que vous lui devez un dédommagement. Vous disiez tout à l'heure que vous désiriez partir promptement, et que Sophie vous gênait pour faire vos paquets : voulez-vous nous permettre de l'emmener ce soir ? Vous auriez ainsi toute liberté pour faire vos préparatifs de voyage. »

Mme Fichini, honteuse d'avoir été convaincue d'injustice envers Sophie devant tout le monde, n'osa pas refuser la demande de Mme de Rosbourg et, appelant sa belle-fille, elle lui dit d'un air maussade :

« Vous partirez donc ce soir, mademoiselle ; je vais

faire préparer vos effets. *(Sophie ne peut dissimuler un mouvement de joie.)* Je pense que vous êtes enchantée de me quitter ; comme vous n'avez ni cœur ni reconnaissance, je ne compte pas sur votre tendresse, et vous ferez bien de ne pas trop compter sur la mienne. Je vous dispense de m'écrire, et je ne me tuerai pas non plus à vous donner de mes nouvelles, dont vous vous souciez autant que je me soucie des vôtres. *(Se tournant vers ces dames.)* Allons dîner, chères dames ; à mon retour, je vous inviterai avec tous nos voisins ; je vous ferai la lecture de mes impressions de voyage ; ce sera charmant. »

Et ces dames, suivies des enfants, allèrent se mettre à table. Sophie profita, comme d'habitude, de l'oubli de sa belle-mère pour manger de tout ; cet excellent dîner et la certitude d'être emmenée le soir même par Mme de Fleurville achevèrent d'effacer la triste impression de la scène du matin.

Après dîner, les petites allèrent avec Sophie dans le petit salon où étaient ses joujoux et ses petites affaires ; elles firent un paquet d'une poupée et de son trousseau, qui était assez misérable ; le reste ne valait pas la peine d'être emporté.

Mme de Fleurville et Mme de Rosbourg, qui attendaient avec impatience le moment de quitter Mme Fichini, demandèrent leur voiture.

MADAME FICHINI

Comment ! déjà, mes chères dames ? Il n'est que huit heures.

MADAME DE FLEURVILLE

Je regrette bien, madame, de vous quitter si tôt, mais je désire rentrer avant la nuit.

MADAME FICHINI

Pourquoi donc avant la nuit ? La route est si belle ! et vous aurez clair de lune.

MADAME DE ROSBOURG

Marguerite est encore bien petite pour veiller ; je crains qu'elle ne se trouve fatiguée.

MADAME FICHINI

Ah ! mesdames, pour la dernière soirée que nous passons ensemble, vous pouvez bien faire un peu veiller Marguerite.

MADAME DE ROSBOURG

Nous sommes bien fâchées, madame, mais nous tenons beaucoup à ce que les enfants ne veillent pas. »

Un domestique vient avertir que la voiture est avancée. Les enfants mettent leurs chapeaux ; Sophie se précipite sur le sien et se dirige vers la porte, de peur d'être oubliée ; Mme Fichini dit adieu à ces dames et aux enfants ; elle appelle Sophie d'un ton sec.

« Venez donc me dire adieu, mademoiselle. Vilaine sans cœur, vous avez l'air enchantée de vous en aller ; je suis bien sûre que ces demoiselles ne quitteraient pas leur maman sans pleurer.

— Maman ne voyagerait pas sans moi, certainement, dit Marguerite avec vivacité, ni Mme de Fleurville sans Camille et Madeleine ; nous aimons nos mamans parce qu'elles sont d'excellentes mamans ; si elles étaient méchantes, nous ne les aimerions pas. »

Sophie trembla, Camille et Madeleine sourirent. Mmes de Fleurville et de Rosbourg se mordirent les lèvres pour ne pas rire, et Mme Fichini devint rouge de colère ; ses yeux brillèrent comme des chandelles ; elle fut sur le point de donner un soufflet à Marguerite ; mais elle se contint et, appelant Sophie une seconde fois, elle lui donna sur le front un baiser sec et lui dit en la repoussant :

« Je vois, mademoiselle, que vous dites de moi de jolies choses à vos amies ! prenez garde à vous ; je reviendrai un jour ! Adieu ! »

Sophie voulut lui baiser la main ; Mme Fichini la frappa du revers de cette main en la lui retirant avec colère. La petite fille s'esquiva et monta avec précipitation dans la voiture.

Mmes de Fleurville et de Rosbourg dirent un dernier adieu à Mme Fichini, se placèrent dans le fond de la voiture, firent mettre Camille sur le siège, Madeleine, Sophie et Marguerite sur le devant, et les chevaux partirent. Sophie commençait à respirer librement, lorsqu'on entendit des cris : *Arrêtez ! arrêtez !* La pauvre Sophie faillit s'évanouir ; elle craignait que sa belle-mère n'eût changé d'idée et ne la rappelât. Le cocher arrêta ses chevaux : un domestique accourut tout essoufflé à la portière et dit :

« Madame... fait dire... à Mlle Sophie... qu'elle a... oublié... ses affaires..., qu'elle ne les recevra que demain matin..., à moins que mademoiselle n'aime mieux revenir... coucher à la maison. »

Sophie revint à la vie ; dans sa joie, elle tendit la main au domestique :

« Merci, merci, Antoine ; je suis fâchée que vous vous soyez essoufflé à courir si vite. Remerciez bien ma belle-mère ; dites-lui que je ne veux pas la déranger, que j'aime mieux me passer de mes affaires, que je les attendrai demain chez Mme de Fleurville. Adieu, adieu, Antoine. »

Mme de Fleurville, voyant l'inquiétude de Sophie, ordonna au cocher de continuer et d'aller bon train ; un quart d'heure après, la voiture s'arrêtait devant le perron de Fleurville, et l'heureuse Sophie sautait à terre, légère comme une plume et remerciant Dieu et Mme de Fleurville du bon temps qu'elle allait passer près de ses amies.

Mme de Fleurville la recommanda aux soins des deux bonnes ; il fut décidé qu'elle coucherait dans la même chambre que Marguerite, et elle y dormit paisiblement jusqu'au lendemain.

Chapitre 15

Sophie mange du cassis : ce qui en résulte

Sophie était depuis quinze jours à Fleurville ; elle se sentait si heureuse que tous ses défauts et ses mauvaises habitudes étaient comme engourdis. Le matin, quand on l'éveillait, elle sautait hors de son lit, se lavait, s'habillait, faisait sa prière avec ses amies ; ensuite, elles déjeunaient toutes ensemble ; Sophie n'avait plus besoin de voler de pain pour satisfaire son appétit ; on lui en donnait tant qu'elle en voulait. Les premiers jours, elle ne pouvait croire à son bonheur ; elle mangea et but tant qu'elle pouvait avaler. Au bout de trois jours, quand elle fut bien sûre qu'on lui donnerait à manger toutes les fois qu'elle aurait faim, et qu'il était inutile de remplir son estomac le matin pour toute la journée, elle devint plus raisonnable et se contenta, comme ses amies, d'une tranche de pain et de beurre avec une tasse de thé ou de chocolat. Dans les premiers jours, à déjeuner et à dîner, elle se dépêchait de manger, de peur qu'on ne la fît

sortir de table avant que sa faim fût assouvie. Ses amies se moquèrent d'elle ; Mme de Fleurville lui promit de ne jamais la chasser de table et de la laisser toujours finir tranquillement son repas. Sophie rougit et promit de manger moins gloutonnement à l'avenir.

MADELEINE

Ma pauvre Sophie, tu as toujours l'air d'avoir peur ; tu te dépêches et tu te caches pour les choses les plus innocentes.

SOPHIE

C'est que je crois toujours entendre ma belle-mère ; j'oublie sans cesse que je suis avec vous qui êtes si bonnes, et que je suis heureuse, bien heureuse ! »

En disant ces mots, Sophie, les yeux pleins de larmes, baisa la main de Mme de Fleurville, qui, à son tour, l'embrassa tendrement.

SOPHIE, *attendrie.*

Oh ! madame, que vous êtes bonne ! Tous les jours je demande au bon Dieu qu'il me laisse toujours avec vous.

MADAME DE FLEURVILLE

Ce n'est pas là ce qu'il faut demander au bon Dieu, ma pauvre enfant ; il faut lui demander qu'il te rende si sage, si obéissante, si bonne, que le cœur de ta belle-mère s'adoucisse et que tu puisses vivre heureuse avec elle. »

Sophie ne répondit rien ; elle avait l'air de trouver le conseil de Mme de Fleurville trop difficile à suivre.

Marguerite paraissait tout interdite, comme si Mme de Fleurville avait dit une chose impossible à faire ; Mme de Rosbourg s'en aperçut.

MADAME DE ROSBOURG, *souriant.*

Qu'as-tu donc, Marguerite ? Quel petit air tu prends en regardant Mme de Fleurville.

MARGUERITE

Maman..., c'est que... je n'aime pas que..., je suis fâchée que... que... je ne sais comment dire ; mais je ne veux pas demander au bon Dieu que la méchante Mme Fichini revienne pour fouetter encore cette pauvre Sophie.

MADAME DE ROSBOURG

Mme de Fleurville n'a pas dit qu'il fallait demander cela au bon Dieu : elle a dit que Sophie devait demander d'être très bonne, pour que sa belle-mère l'aimât et la rendît heureuse.

MARGUERITE

Mais, maman, Mme Fichini est trop méchante pour devenir bonne ; elle déteste trop Sophie pour la rendre heureuse, et, si elle revient, elle reprendra Sophie pour la rendre malheureuse.

MADAME DE FLEURVILLE

Chère petite, le bon Dieu peut tout ce qu'il veut : il peut donc changer le cœur de Mme Fichini. Sophie, qui doit obéir à Dieu et respecter sa belle-mère, doit

demander de devenir assez bonne pour l'attendrir et s'en faire aimer.

MARGUERITE

Je veux bien que Mme Fichini devienne bonne, mais je voudrais bien qu'elle restât toujours là-bas et qu'elle nous laissât toujours Sophie.

MADAME DE FLEURVILLE

Ce que tu dis là fait l'éloge de ton bon cœur, Marguerite ; mais, si tu réfléchissais, tu verrais que Sophie serait plus heureuse aimée de sa belle-mère et vivant chez elle, que chez des étrangers, qui ont certainement beaucoup d'amitié pour elle, mais qui ne lui doivent rien, et desquels elle n'a le droit de rien exiger.

SOPHIE

C'est vrai, cela, Marguerite : si ma belle-mère pouvait un jour m'aimer comme t'aime ta maman, je serais heureuse comme tu l'es et je ne serais pas inquiète de ce que je deviendrai dans quelques mois.

MARGUERITE, *soupirant.*

Et pourtant j'aurai bien peur quand Mme Fichini reviendra.

SOPHIE, *tout bas.*

Et moi aussi. »

On se leva de table ; les mamans restèrent au salon pour travailler, et les enfants s'amusèrent à bêcher leur

jardin ; Camille et Madeleine chargèrent Marguerite et Sophie de chercher quelques jeunes groseilliers et des framboisiers, de les arracher et de les apporter pour les planter.

« Où irons-nous ? dit Marguerite.

SOPHIE

J'ai vu pas loin d'ici, au bord d'un petit bois, des groseilliers et des framboisiers superbes.

MARGUERITE

Je crois qu'il vaut mieux demander au jardinier.

SOPHIE

Je vais toujours voir ceux que je veux dire ; si nous ne pouvons pas les arracher, nous demanderons au père Louffroy de nous aider. »

Elles partirent en courant et arrivèrent en peu de minutes près des arbustes qu'avait vus Sophie ; quelle fut leur joie quand elles les virent couverts de fruits ! Sophie se précipita dessus et en mangea avec avidité, surtout du cassis ; Marguerite, après y avoir goûté, s'arrêta.

« Mange donc, nigaude, lui dit Sophie ; profite de l'occasion.

MARGUERITE

Quelle occasion ? J'en mange tous les jours à table et au goûter !

SOPHIE, *avalant gloutonnement.*

C'est bien meilleur quand on les cueille soi-même ; et puis on en mange tant qu'on veut. Dieu, que c'est bon ! »

Marguerite la regardait faire avec surprise ; jamais elle n'avait vu manger avec une telle voracité, avec une telle promptitude ; enfin, quand Sophie ne put plus avaler, elle poussa un soupir de satisfaction et essuya sa bouche avec des feuilles.

MARGUERITE

Pourquoi t'essuies-tu avec des feuilles ?

SOPHIE

Pour qu'on ne voie pas de taches de cassis à mon mouchoir.

MARGUERITE

Qu'est-ce que cela fait ? Les mouchoirs sont faits pour avoir des taches.

SOPHIE

Si l'on voyait que j'ai mangé du cassis, on me punirait.

MARGUERITE

Quelle idée ! on ne te dirait rien du tout ; nous mangeons ce que nous voulons.

SOPHIE, *étonnée.*

Ce que vous voulez ? et vous n'êtes jamais malades d'avoir trop mangé ?

MARGUERITE

Jamais ; nous ne mangeons jamais trop, parce que nous savons que la gourmandise est un vilain défaut. »

Sophie, qui sentait combien elle avait été gourmande, ne put s'empêcher de rougir et voulut détourner l'attention de Marguerite en lui proposant d'arracher quelques pieds de groseilliers pour les porter à ses amies. Elles allaient se mettre à l'œuvre, quand elles entendirent appeler : « Sophie, Marguerite, où êtes-vous ?

SOPHIE, MARGUERITE

Nous voici, nous voici ; nous arrachons des arbres. »

Camille et Madeleine accoururent.

CAMILLE

Qu'est-ce que vous faites donc depuis près d'une heure ? Nous vous attendions toujours ; voilà maintenant notre heure de récréation passée : il faut aller travailler.

MADELEINE

Mais à quoi vous êtes-vous amusées ? Il n'y a pas seulement un arbrisseau d'arraché !

MARGUERITE, *riant.*

C'est que Sophie s'en donnait et man...

SOPHIE, *vivement.*

Tais-toi donc, rapporteuse, tu vas me faire gronder.

MARGUERITE

Mais je te dis qu'on ne te grondera pas : ma maman n'est pas comme la tienne.

CAMILLE

Quoi ? Qu'est-ce que c'est ? Dis, Marguerite ; et toi, Sophie, laisse-la donc parler.

MARGUERITE

Eh bien, depuis près d'une heure, au lieu d'arracher des groseilliers, nous sommes là, Sophie à manger des groseilles et du cassis, et moi à la regarder manger. C'est étonnant comme elle mangeait vite ! Jamais je n'ai vu tant manger en si peu de temps. Cela m'amusait beaucoup.

MADELEINE

Pourquoi as-tu tant mangé, Sophie ? tu vas être malade.

SOPHIE, *embarrassée.*

Oh ! non, je ne serai pas malade ; j'avais très faim.

CAMILLE

Comment, faim ? Mais nous sortions de table !

SOPHIE

Faim, non pas de viande, mais de cassis.

CAMILLE

Ah ! ah ! ah ! faim de cassis !... Mais comme tu es pâle ! je suis sûre que tu as mal au cœur.

SOPHIE, *un peu fâchée.*

Pas du tout, mademoiselle, je n'ai pas mal au cœur ; j'ai encore très faim et je mangerais encore un panier plein de cassis.

MADELEINE

Je ne te conseille pas d'essayer. Mais voyons, ma petite Sophie, ne te fâche pas et reviens avec nous. »

Sophie se sentait un peu mal à l'aise et ne répondit rien ; elle suivit ses amies, qui reprirent le chemin de la maison. Tout le long de la route, elle ne dit pas un mot. Camille, Madeleine et Marguerite, croyant qu'elle boudait, causaient entre elles sans adresser la parole à Sophie ; elles arrivèrent ainsi jusqu'à leur chambre de travail, où leurs mamans les attendaient pour leur donner leurs leçons.

« Vous arrivez bien tard, mes petites, dit Mme de Rosbourg.

MARGUERITE

C'est que nous avons été jusqu'au petit bois pour avoir des groseilliers ; c'est un peu loin, maman.

MADAME DE FLEURVILLE

Allons, à présent, mes enfants, travaillons ; que chacune reprenne ses livres et ses cahiers. »

Camille, Madeleine et Marguerite se placent vivement devant leurs pupitres ; Sophie avance lentement, sans dire une parole. La lenteur de ses mouvements attire l'attention de Mme de Fleurville, qui la regarde et dit :

« Comme tu es pâle, Sophie ! Tu as l'air de souffrir ! qu'as-tu ? »

Sophie rougit légèrement ; les trois petites la regardent ; Marguerite s'écrie : « C'est le cassis !

MADAME DE FLEURVILLE

Quel cassis ! Que veux-tu dire, Marguerite ?

SOPHIE, *reprenant un peu de vivacité.*

Ce n'est rien, madame ; Marguerite ne sait ce qu'elle dit ; je n'ai rien ; je vais... très bien... seulement... j'ai un peu... mal au cœur... ce n'est rien... »

Mais, à ce moment même, Sophie se sent malade ; son estomac ne peut garder les fruits dont elle l'a surchargé ; elle les rejette sur le parquet.

Mme de Fleurville, mécontente, prend sans rien dire la main de Sophie et l'emmène chez elle ; on la déshabille, on la couche et on lui fait boire une tasse de tilleul bien chaud. Sophie est si honteuse qu'elle n'ose rien dire ; quand elle est couchée, Mme de Fleurville lui demande comment elle se trouve.

SOPHIE

Mieux, madame, je vous remercie ; pardonnez-moi, je vous prie ; vous êtes bien bonne de ne m'avoir pas fouettée.

MADAME DE FLEURVILLE

Ma chère Sophie, tu as été gourmande, et le bon Dieu s'est chargé de ta punition en permettant cette indigestion qui va te faire rester couchée jusqu'au dîner ; elle te privera de la promenade que nous devons faire dans une heure pour aller manger des cerises chez Mme de Vertel. Quant à être fouettée, tu peux te tranquilliser là-dessus : je ne fouette jamais ; et jc suis bien sûre que, sans avoir été fouettée, tu ne recommenceras pas à te remplir l'estomac comme une gourmande. Je ne défends pas les fruits et autres friandises ; mais il faut en manger sagement si l'on ne veut pas s'en trouver mal. »

Sophie ne répondit rien ; elle était honteuse et elle reconnaissait la justesse de ce que disait Mme de Fleurville. La bonne, qui restait près d'elle, l'engagea à se tenir tranquille, mais un reste de mal de cœur l'empêcha de dormir ; elle eut tout le temps de réfléchir aux dangers de la gourmandise, et elle se promit bien de ne jamais recommencer.

Chapitre 16

Le cabinet de pénitence

Une heure après, Camille, Madeleine et Marguerite revinrent savoir des nouvelles de Sophie ; elles avaient leurs chapeaux et des robes propres.

SOPHIE

Pourquoi vous êtes-vous habillées ?

CAMILLE

Pour aller goûter chez Mme de Vertel ; tu sais que nous devons y cueillir des cerises.

MADELEINE

Quel dommage que tu ne puisses pas venir, Sophie ! nous nous serions bien plus amusées avec toi.

MARGUERITE

L'année dernière, c'était si amusant ! on nous faisait grimper dans les cerisiers, et nous avons cueilli des cerises plein des paniers, pour faire des confitures, et nous en mangions tant que nous en voulions ; seulement nous ne nous sommes pas donné d'indigestion, comme tu as fait ce matin avec ton cassis.

MADELEINE

Ne lui parle plus de son cassis, Marguerite : tu vois qu'elle est honteuse et fâchée.

SOPHIE

Oh ! oui, je suis bien fâchée d'avoir été si gourmande ; une autre fois, bien certainement que je n'en mangerai qu'un peu, puisque je serai sûre de pouvoir en manger le lendemain et les jours suivants. C'est que je n'ai pas l'habitude de manger de bonnes choses ; et, quand j'en trouvais, j'en mangeais autant que mon estomac pouvait en contenir ; à présent je ne le ferai plus : c'est trop désagréable d'avoir mal au cœur ; et puis c'est honteux.

MARGUERITE

C'est vrai ; maman me dit toujours que lorsqu'on s'est donné une indigestion, on ressemble aux petits cochons. »

Cette comparaison ne fut pas agréable à Sophie, qui commençait à se fâcher et à s'agiter dans son lit ; Madeleine dit tout bas à Marguerite de se taire, et Marguerite obéit. Toutes trois embrassèrent Sophie et

allèrent attendre leurs mamans sur le perron. Quelques minutes après, Sophie entendit partir la voiture. Elle s'ennuya pendant deux heures, au bout desquelles elle obtint de la bonne la permission de se lever ; ses amies rentrèrent peu de temps après, enchantées de leur matinée ; elles avaient cueilli et mangé des cerises ; on leur en avait donné un grand panier à emporter.

Le lendemain, Camille dit à Sophie :

« Et sais-tu, Sophie, que ce soir nous ferons des confitures de cerises ? Mme de Vertel nous a fait voir comment elle les faisait ; tu nous aideras, et maman dit que ces confitures seront à nous, puisque les cerises sont à nous, et que nous en ferons ce que nous voudrons.

— Bravo ! dit Sophie ; quels bons goûters nous allons faire !

MADELEINE

Il faudra en donner à la pauvre femme Jean, qui est malade et qui a six enfants.

SOPHIE

Tiens, c'est trop bon pour une pauvre femme !

CAMILLE

Pourquoi est-ce trop bon pour la mère Jean, quand ce n'est pas trop bon pour nous ? Ce n'est pas bien ce que tu dis là, Sophie.

SOPHIE

Ah ! par exemple ! Vas-tu pas me faire croire que la femme Jean est habituée à vivre de confitures ?

CAMILLE

C'est précisément parce qu'elle n'en a jamais que nous lui en donnerons quand nous en aurons.

SOPHIE

Pourquoi ne mange-t-elle pas du pain, des légumes et du beurre ? Je ne me donnerai certainement pas la peine de faire des confitures pour une pauvresse.

MARGUERITE

Et qui te demande d'en faire, orgueilleuse ? Est-ce que nous avons besoin de ton aide ? ne vois-tu pas que c'est pour s'amuser que Camille t'a proposé de nous aider ?

SOPHIE

D'abord, mademoiselle, il y a des ceriscs qui sont pour moi là-dedans ; et j'ai droit à les avoir.

MARGUERITE

Tu n'as droit à rien ; on ne t'a rien donné ; mais, comme je ne veux pas être gourmande et avare comme toi, tiens, tiens. »

En disant ces mots, Marguerite prit une grande poignée de cerises et les lança à la tête de Sophie, qui, déjà un peu en colère, devint furieuse en les recevant ; elle s'élança sur Marguerite et lui donna un coup de poing sur l'épaule ; Camille et Madeleine se jetèrent entre elles pour empêcher Marguerite de continuer la bataille commencée, Madeleine retenait avec peine Sophie, pendant que Camille maintenait Marguerite et

lui faisait honte de son emportement. Marguerite s'apaisa immédiatement et fut désolée d'avoir répondu si vivement à Sophie ; celle-ci résistait à Madeleine et voulait absolument se venger de ce qu'on lui avait lancé des cerises à la figure.

« Laisse-moi, criait-elle, laisse-moi lui donner autant de coups que j'ai reçu de cerises à la tête ; lâche-moi, ou je te tape aussi. »

Les cris de Sophie, ajoutés à ceux de Camille et de Madeleine, qui l'exhortaient vainement à la douceur, attirèrent Mme de Rosbourg et Mme de Fleurville : elles parurent au moment où Sophie, se débarrassant de Camille et de Madeleine par un coup de pied et un coup de poing, s'élançait sur Marguerite, qui ne bougeait pas plus qu'une statue. La présence de ces dames arrêta subitement le bras levé de Sophie ; elle resta terrifiée, craignant la punition et rougissant de sa colère.

Mme de Fleurville s'approcha d'elle en silence, la prit par le bras, l'emmena dans une chambre que Sophie ne connaissait pas encore et qui s'appelait le *cabinet de pénitence,* la plaça sur une chaise devant une table, et, lui montrant du papier, une plume et de l'encre, elle lui dit :

« Vous allez achever votre journée dans ce cabinet, mademoiselle, vous allez...

SOPHIE

Ce n'est pas moi, madame, c'est Marguerite...

MADAME DE FLEURVILLE, *d'un air sévère.*

Taisez-vous !... vous allez copier dix fois toute la prière : *Notre Père qui êtes aux cieux.* Quand vous serez calmée, je reviendrai vous faire demander pardon au bon Dieu de votre colère ; je vous enverrai votre dîner ici, et vous irez vous coucher sans revoir vos amies.

SOPHIE, *avec emportement.*

Je vous dis, madame, que c'est Marguerite...

MADAME DE FLEURVILLE, *avec force.*

Taisez-vous et écrivez. »

Mme de Fleurville sortit de la chambre, dont elle ferma la porte à clef, et alla chez les enfants savoir la cause de l'emportement de Sophie. Elle trouva Camille et Madeleine seules et consternées ; elles lui racontèrent ce qui était arrivé à leur retour de chez Mme de Vertel, et combien Mme de Rosbourg était fâchée contre Marguerite, qui, malgré son repentir, était condamnée à dîner dans sa chambre et à ne pas venir au salon de la soirée.

MADAME DE FLEURVILLE

C'est fort triste, mes chères enfants, mais Mme de Rosbourg a bien fait de punir Marguerite.

CAMILLE

Pourtant, maman, Marguerite avait raison de vouloir donner des confitures à la pauvre mère Jean, et c'était très mal à Sophie d'être orgueilleuse et méchante.

MADAME DE FLEURVILLE

C'est vrai, Camille ; mais Marguerite n'aurait pas dû s'emporter. Ce n'est pas en se fâchant qu'elle lui aurait fait du bien ; elle aurait dû lui démontrer tout doucement qu'elle devait secourir les pauvres et travailler pour eux.

CAMILLE

Mais, maman, Sophie ne voulait pas l'écouter.

MADAME DE FLEURVILLE

Sophie est vive, mal élevée, elle n'a pas l'habitude de pratiquer la charité, mais elle a bon cœur, et elle aurait compris la leçon que vous lui auriez toutes donnée par votre exemple ; elle en serait devenue meilleure, tandis qu'à présent elle est furieuse et elle offense le bon Dieu.

MADELEINE

Oh ! maman, permettez-moi d'aller lui parler ; je suis sûre qu'elle pleure, qu'elle se désole et qu'elle se repent de tout son cœur.

MADAME DE FLEURVILLE

Non, Madeleine, je veux qu'elle reste seule jusqu'à ce soir ; elle est encore trop en colère pour t'écouter ; j'irai lui parler dans une heure. »

Et Mme de Fleurville alla avec Camille et Madeleine rejoindre Mme de Rosbourg ; les petites étaient tristes ; tout en jouant avec leurs poupées, elles pensaient combien on était plus heureuse quand on est sage.

Pendant ce temps, Sophie, restée seule dans le cabinet de pénitence, pleurait, non pas de repentir, mais de rage ; elle examina le cabinet pour voir si on ne pouvait pas s'en échapper : la fenêtre était si haute que, même en mettant la chaise sur la table, on ne pouvait pas y atteindre ; la porte, contre laquelle elle s'élança avec violence, était trop solide pour pouvoir être enfoncée. Elle chercha quelque chose à briser, à déchirer : les murs étaient nus, peints en gris ; il n'y avait d'autre meuble qu'une chaise en paille commune, une table de bois blanc commun ; l'encrier était un trou fait dans la table et rempli d'encre ; restaient la plume, le papier et le livre dans lequel elle devait copier. Sophie saisit la plume, la jeta par terre, l'écrasa sous ses pieds : elle déchira le papier en mille morceaux, se précipita sur le livre, en arracha toutes les pages, qu'elle chiffonna et le mit en pièces ; elle voulut aussi briser la chaise, mais elle n'en eut pas la force et retomba par terre haletante et en sueur. Quand elle n'eut plus rien à casser et à déchirer, elle fut bien obligée de rester tranquille. Petit à petit, sa colère se calma, elle se mit à réfléchir et elle fut épouvantée de ce qu'elle avait fait.

« Que va dire Mme de Fleurville ? pensa-t-elle, quelle punition va-t-elle m'infliger ? car elle me punira certainement... Ah bah ! elle me fouettera. Ma belle-mère m'a tant fouettée que j'y suis habituée. N'y pensons plus, et tâchons de dormir... »

Sophie ferme les yeux, mais le sommeil ne vient

pas ; et elle est inquiète ; elle tressaille au moindre bruit ; elle croit toujours voir la porte s'ouvrir. Une heure se passe, elle entend la clef tourner dans la serrure ; elle ne s'est pas trompée cette fois : la porte s'ouvre, Mme de Fleurville entre. Sophie se lève et reste interdite. Mme de Fleurville regarde les papiers et dit à Sophie d'un ton calme :

« Ramassez tout cela, mademoiselle. »

Sophie ne bouge pas.

« Je vous dis de ramasser ces papiers, mademoiselle », répète Mme de Fleurville.

Sophie reste immobile. Mme de Fleurville, toujours calme :

« Vous ne voulez pas, vous avez tort : vous aggravez votre faute et votre punition. »

Mme de Fleurville appelle : « Élisa, venez, je vous prie, un instant. »

Élisa entre et reste ébahie devant tout ce désordre.

« Ma bonne Élisa, lui dit Mme de Fleurville, voulez-vous ramasser tous ces débris ? c'est Mlle Sophie qui a mis en pièces un livre et du papier. Voulez-vous ensuite m'apporter une autre *Journée du Chrétien,* du papier et une plume ? »

Pendant qu'Élisa balayait les papiers, Mme de Fleurville s'assit sur la chaise et regarda Sophie, qui, tremblante devant le calme de Mme de Fleurville, aurait tout donné pour n'avoir pas déchiré le livre, le papier et écrasé la plume. Quand Élisa eut apporté les objets demandés, Mme de Fleurville se leva, appela tranquillement Sophie, la fit asseoir sur la chaise et lui dit :

« Vous allez écrire dix fois *Notre Père,* mademoiselle, comme je vous l'avais dit tantôt ; vous n'aurez

pour votre dîner que de la soupe, du pain et de l'eau ; vous paierez les objets que vous avez déchirés avec l'argent que vous devez avoir toutes les semaines pour vos menus plaisirs. Au lieu de revenir avec vos amies, vous passerez vos journées ici, sauf deux heures de promenade que vous ferez avec Élisa, qui aura ordre de ne pas vous parler. Je vous enverrai votre repas ici. Vous ne serez délivrée de votre prison que lorsque le repentir, un vrai repentir, sera entré dans votre cœur, lorsque vous aurez demandé pardon au bon Dieu de votre dureté envers les pauvres, de votre gourmandise égoïste, de votre emportement envers Marguerite, de votre esprit de colère et de votre méchanceté, qui vous a portée à déchirer tout ce que vous pouviez briser et déchirer, de votre esprit de révolte, qui vous a excitée à résister à mes ordres. J'espérais vous trouver en bonne disposition pour vous ramener au repentir, pour faire votre paix avec Dieu et avec moi ; mais, d'après ce que je vois, j'attendrai à demain. Adieu, mademoiselle. Priez le bon Dieu qu'il ne vous fasse pas mourir cette nuit avant de vous être reconnue et repentie. »

Mme de Fleurville se dirigea vers la porte ; elle avait déjà tourné la clef, lorsque Sophie, se précipitant vers elle, l'arrêta par sa robe, se jeta à ses genoux, lui saisit les mains, qu'elle couvrit de baisers et de larmes, et à travers ses sanglots fit entendre ces mots, les seuls qu'elle put articuler : *Pardon ! Pardon !*

Mme de Fleurville restait immobile, considérant Sophie toujours à genoux ; enfin elle se baissa vers elle, la prit dans ses bras et lui dit avec douceur :

« Ma chère enfant, le repentir expie bien des fautes. Tu as été très coupable envers le bon Dieu d'abord, envers moi ensuite ; le regret sincère que tu en

éprouves te méritera sans doute le pardon, mais ne t'affranchit pas de la punition : tu ne reviendras pas avec tes amies avant demain soir, et tout le reste se fera comme je te l'ai dit.

SOPHIE, *avec véhémence.*

Oh ! madame, chère madame, la punition me sera douce, car elle sera une expiation ; votre bonté me touche profondément, votre pardon est tout ce que je demande. Oh ! madame, j'ai été si méchante, si détestable ! Pourrez-vous me pardonner ?

MADAME DE FLEURVILLE, *l'embrassant.*

Du fond du cœur, chère enfant ; crois bien que je ne conserve aucun mauvais sentiment contre toi. Demande pardon au bon Dieu comme tu viens de me demander pardon à moi-même. Je vais t'envoyer à dîner ; tu écriras ensuite ce que je t'avais dit d'écrire, et tu achèveras ta soirée en lisant un livre qu'on t'apportera tout à l'heure. »

Mme de Fleurville embrassa encore Sophie, qui lui baisait les mains et ne pouvait se détacher d'elle ; elle se dégagea et sortit, sans prendre cette fois la précaution de fermer la porte à clef. Cette preuve de confiance toucha Sophie et augmenta encore son regret d'avoir été si méchante.

« Comment, se dit-elle, ai-je pu me livrer à une telle colère ? Comment ai-je été si méchante avec des amies aussi bonnes que celles que j'ai ici, et si hardie envers une personne aussi douce, aussi tendre que Mme de Fleurville ! Comme elle a été bonne avec moi ! Aussitôt que j'ai témoigné du repentir, elle a

repris sa voix douce et son visage si indulgent ; toute sa sévérité a disparu comme par enchantement. Le bon Dieu me pardonnera-t-il aussi facilement ? Oh ! oui, car il est la bonté même et il voit combien je suis affligée de m'être si mal comportée ! »

En achevant ces mots, elle se mit à genoux et pria du fond de son cœur pour que ses fautes lui fussent pardonnées et qu'elle eût la force de ne plus en commettre à l'avenir. À peine sa prière était-elle finie qu'Élisa entra, lui apportant une assiettée de soupe, un gros morceau de pain et une carafe d'eau.

ÉLISA

Voici, mademoiselle, un vrai repas de prisonnier ; mais si vous avez faim, vous le trouverez bon tout de même.

SOPHIE

Hélas ! ma bonne Élisa, je n'en mérite pas tant ; c'est encore trop bon pour une méchante fille comme moi.

ÉLISA

Ah ! ah ! nous avons changé de ton depuis tantôt ; j'en suis bien aise, mademoiselle. Si vous vous étiez vue ! vous aviez un air ! mais un air !... Vrai, on aurait dit d'un petit démon.

SOPHIE

C'est que je l'étais réellement ; mais j'en ai bien du regret, je vous assure, et j'espère bien ne jamais recommencer. »

Sophie se mit à table et mangea sa soupe : elle avait faim ; après sa soupe, elle entama son morceau de pain et but deux verres d'eau. Élisa la regardait avec pitié.

« Voyez, pourtant, mademoiselle, lui dit-elle, comme on est malheureux d'être méchant ; nos petites, qui sont toujours sages, ne seront jamais punies que pour des fautes bien légères : aussi on les voit toujours gaies et contentes.

SOPHIE

Oh ! oui, je le vois bien : mais c'est singulier ! quand j'étais méchante et que ma belle-mère me punissait, je me sentais encore plus méchante après ; je détestais ma belle-mère : tandis que Mme de Fleurville, qui m'a punie, je l'aime au contraire plus qu'avant et j'ai envie d'être meilleure.

ÉLISA

C'est que votre belle-mère vous punissait avec colère, et quelquefois par caprice, tandis que Mme de Fleurville vous punit par devoir et pour votre bien. Vous sentez cela malgré vous.

SOPHIE

Oui, c'est bien cela, Élisa ; vous dites vrai. »

Sophie avait fini son repas ; Élisa emporta les restes, et Sophie se mit au travail ; elle fut longtemps à faire sa pénitence, parce qu'elle s'appliqua à très bien écrire ; quand elle eut fini, elle se mit à lire. Le jour commença bientôt à baisser ; Sophie posa son livre et eut le temps de réfléchir aux ennuis de la captivité,

pendant la grande heure qui se passa avant qu'Élisa vînt la chercher pour la coucher. Marguerite dormait déjà profondément ; Sophie s'approcha de son lit et l'embrassa tout doucement, comme pour lui demander pardon de sa colère ; ensuite elle fit sa prière, se coucha et ne tarda pas à s'endormir.

Chapitre 17

Le lendemain

La journée du lendemain se passa assez tristement. Marguerite, honteuse encore de sa colère de la veille, se reprochait d'avoir causé la punition de Sophie ; Camille et Madeleine souffraient de la tristesse de Marguerite et de l'absence de leur amie.

Sophie passa la journée dans le cabinet de pénitence ; personne ne vint la voir qu'Élisa, qui lui apporta son déjeuner.

SOPHIE

Comment vont mes amies, Élisa ?

ÉLISA

Elles vont bien ; seulement elles ne sont pas gaies.

SOPHIE

Ont-elles parlé de moi ? Me trouvent-elles bien méchante ? M'aiment-elles encore ?

ÉLISA

Je crois bien, qu'elles partent de vous ! Elles ne font pas autre chose. « Pauvre Sophie ! disent-elles ; comme elle doit être malheureuse ! Pauvre Sophie ! comme elle doit s'ennuyer ! Comme la journée lui paraîtra longue ! »

SOPHIE, *attendrie.*

Elles sont bien bonnes ! Et Marguerite, est-elle en colère contre moi ?

ÉLISA

En colère ! Ah bien oui ! Elle se désole d'avoir été méchante ; elle dit que c'est sa faute si vous vous êtes emportée ; que c'est elle qui devrait être punie à votre place, et que, lorsque vous sortirez de prison, c'est elle qui vous demandera bien pardon et qui vous priera d'oublier sa méchanceté.

SOPHIE

Pauvre petite Marguerite ! c'est moi qui ai eu tous les torts. Mais, Élisa, savent-elles combien j'ai été méchante ici, dans le cabinet ; que j'ai tout déchiré, que j'ai refusé d'obéir à Mme de Fleurville ?

ÉLISA

Oui, elles le savent, je le leur ai raconté ; mais elles savent aussi combien vous vous êtes repentie et tout ce que vous avez fait pour témoigner vos regrets, pour expier votre faute ; elles ne vous en veulent pas : elles vous aiment tout comme auparavant. »

Sophie remercia Élisa et se mit à l'ouvrage.

Mme de Fleurville vint lui apporter des devoirs à faire, elle les lui expliqua ; elle lui apporta aussi des livres amusants, son ouvrage de tapisserie, et, la voyant si sage, si docile et si repentante, elle lui dit qu'avant de se coucher elle pourrait venir embrasser ses amies au salon et faire la prière en commun. Sophie lui promit de mériter cette récompense par sa bonne conduite et la remercia vivement de sa bonté. Mme de Fleurville l'embrassa encore et lui dit en la quittant qu'avant la promenade elle viendrait examiner ses devoirs et lui en donner d'autres pour l'après-midi.

Sophie travailla tant et si bien qu'elle ne s'ennuya pas ; elle fut étonnée quand Élisa vint lui apporter son second déjeuner.

« Déjà, dit-elle ; est-ce qu'il est l'heure de déjeuner ?

ÉLISA

Certainement, et l'heure est même passée ; vous n'avez donc pas faim ?

SOPHIE

Si fait, j'ai faim, et je m'en étonnais, je ne croyais pas qu'il fût si tard. Qu'est-ce que j'ai pour mon déjeuner ?

Un œuf frais, que voici, avec une tartine de beurre, une côtelette, une cuisse de poulet, des pommes de terre sautées, mais pas de dessert par exemple ; Mme de Fleurville m'a dit que les prisonnières n'en mangeaient pas, et que vous étiez si raisonnable que vous ne vous en étonneriez pas. »

Sophie rougit de plaisir à ce petit éloge, qu'elle n'espérait pas avoir mérité.

« Merci, ma chère Élisa, dit-elle, et remerciez Mme de Fleurville de vouloir bien penser si favorablement de moi ; elle est si bonne, qu'on ne peut s'empêcher de devenir bon près d'elle. J'espère que dans peu de temps je deviendrai aussi sage, aussi aimable que mes amies. »

Élisa, touchée de cette humilité, embrassa Sophie ct lui dit : « Soyez tranquille, mademoiselle, vous commencez déjà à être bonne ; vous allez voir ce que vous serez ; quand votre belle-mère reviendra, elle ne vous reconnaîtra pas. »

Cette idée du retour de sa belle-mère fit peu de plaisir à Sophie ; elle tâcha de n'y pas songer, et elle acheva son déjeuner. Élisa lui dit qu'elle allait remporter le plateau et qu'elle reviendrait ensuite la chercher pour la promener.

« Je vais vous faire marcher pendant une heure, mademoiselle, puis vous reviendrez travailler ; après votre dîner je vous promènerai encore pendant une bonne heure. »

La journée se passa ainsi sans trop d'ennui pour Sophie. Camille, Madeleine et Marguerite attendaient

chaque fois Élisa à sa sortie de la chambre de pénitence pour la questionner sur ce que faisait Sophie, sur ce que disait Sophie.

CAMILLE

Est-elle bien triste ?

MADELEINE

S'ennuie-t-elle beaucoup ?

MARGUERITE

Est-elle fâchée contre moi ? Cause-t-elle un peu ? »

Élisa les rassurait et leur disait que Sophie prenait sa punition avec une telle douceur et une telle résignation qu'en sortant de là elle serait certainement tout à fait corrigée et ne se ferait plus jamais punir.

Le soir, Mme de Fleurville vint elle-même chercher Sophie pour la mener au salon, où l'attendaient avec anxiété Camille, Madeleine et Marguerite.

« Voilà Sophie que je vous ramène, mes chères enfants, non pas la Sophie d'avant-hier, colère, menteuse, gourmande et méchante ; mais une Sophie douce, sage, raisonnable ; nous la plaignions jadis, aimons-la bien maintenant : elle le mérite. »

Sophie se jeta dans les bras de ses amies ; elle pleurait de joie en les embrassant. Elle et Marguerite se demandèrent réciproquement pardon ; elles s'étaient déjà pardonné de bon cœur. Quand arriva l'heure de la prière, Mme de Fleurville ajouta à celle qu'elles avaient l'habitude de faire une action de grâces pour remercier Dieu d'avoir ouvert au repentir le cœur des

coupables, et pour avoir ainsi tiré un grand bien d'un grand mal.

Après cette prière, qui fut faite du fond du cœur, les enfants s'embrassèrent tendrement et allèrent se coucher.

Chapitre 18

Le rouge-gorge

Un mois après, Camille et Madeleine étaient assises sur un banc dans le jardin ; elles tressaient des paniers avec des joncs que Sophie et Marguerite cueillaient dans un fossé.

« Madeleine, Madeleine ! cria Sophie en accourant, je t'apporte un petit oiseau très joli ; je te le donne, c'est pour toi.

— Voyons, quel oiseau ? dit Camille en jetant ses joncs et s'élançant à la rencontre de Sophie.

SOPHIE

Un rouge-gorge : c'est Marguerite qui l'a vu, et c'est moi qui l'ai attrapé ; regarde comme il est déjà gentil.

CAMILLE

Il est charmant. Pauvre petit ! il doit avoir bien peur ! Et sa maman ! elle se désole sans doute.

MARGUERITE

Pas du tout ! C'est elle qui l'a jeté hors de son nid ; j'entendais un petit bruit dans un buisson, je regarde, et je vois ce pauvre petit oiseau se débattant contre sa maman qui voulait le jeter hors du nid ; elle lui a donné des coups de bec et elle l'a précipité à terre ; le pauvre petit est tombé tout étourdi ; je n'osais pas le toucher ; Sophie l'a pris en disant que ce serait pour toi, Madeleine.

MADELEINE

Oh ! merci, Sophie ! Portons-le vite à la maison pour lui donner à manger. Camille, vois comme mon petit oiseau est gentil ! Quel joli petit ventre rouge.

CAMILLE

Il est charmant ; mettons-le dans un panier en attendant que nous ayons une cage. »

Les quatre petites filles laissèrent leurs joncs et coururent à la maison pour montrer leur rouge-gorge et demander un panier.

ÉLISA

Tenez, mes petites, voici un panier.

MARGUERITE

Mais il faut lui faire un petit lit.

ÉLISA

Non, il faut mettre de la mousse et un peu de laine par-dessus : il aura ainsi un petit nid bien chaud.

MARGUERITE

Si Madeleine le mettait à coucher avec elle, il aurait bien plus chaud encore.

MADELEINE

Mais je pourrais l'écraser en dormant ; non, non, il vaut mieux faire comme dit Élisa. Tu vas voir comme je l'arrangerai bien.

SOPHIE

Oh ! Madeleine, laisse-moi faire ; je sais très bien arranger des nids d'oiseaux ; Palmyre en faisait souvent pour les petits qu'elle dénichait.

MADELEINE

Je veux bien ; qu'est-ce que tu vas mettre ?

SOPHIE

Ne me regardez pas ; vous verrez quand ce sera fini. Élisa, il me faut du coton et un petit linge.

ÉLISA

Pour quoi faire, du linge ? Allez-vous lui mettre une chemise ? »

Les enfants rirent tous.

« Mais non, Élisa, répond Sophie ; ce n'est pas

pour l'habiller ; vous allez voir ; donnez-moi seulement ce que je vous demande. »

Élisa donna une poignée de coton et du linge. Sophie prit le rouge-gorge, se mit dans un coin, arrangea pendant dix minutes le coton, le linge et l'oiseau ; puis, se retournant triomphalement, elle s'écria : « C'est fini ! »

Les enfants, qui attendaient avec une grande impatience, s'élancèrent vers Sophie et cherchèrent vainement l'oiseau.

MADELEINE

Eh bien ! Où sont donc le rouge-gorge et son nid ?

SOPHIE

Mais les voici.

MADELEINE

Où cela ?

SOPHIE

Dans le panier.

MADELEINE

Je ne vois qu'une boule de coton.

SOPHIE

C'est précisément cela.

MADELEINE

Mais où est l'oiseau ?

SOPHIE

Dans le coton bien chaudement. »

Toutes trois poussèrent un cri ; toutes les mains se plongèrent à la fois dans le panier pour en retirer le pauvre oiseau, étouffé sans doute. Élisa accourut, déroula vivement le coton, le linge, et en retira le rouge-gorge qui semblait mort ; ses yeux étaient fermés, son bec entrouvert, ses ailes étendues : il ne bougeait pas.

« Pauvre petit ! s'écrièrent à la fois Élisa et les trois petites.

— Imbécile de Sophie ! » ajouta Marguerite.

Sophie était aussi étonnée que confuse.

« Je ne savais pas..., je ne croyais pas..., dit-elle en balbutiant.

MARGUERITE

Aussi pourquoi veux-tu toujours faire quand tu ne sais pas ?

ÉLISA

Chut ! Marguerite, pas de colère ; vous voyez bien que Sophie est aussi peinée que vous de ce qu'elle a fait. Tâchons de ranimer le pauvre oiseau ; peut-être n'est-il pas encore mort.

MADELEINE, *tristement.*

Croyez-vous qu'il puisse revivre ?

ÉLISA

Essayons toujours ; Sophie, allez me chercher un peu de vin. »

Sophie se précipita pour faire la commission ; pendant son absence, Élisa entrouvrit le bec du petit oiseau et souffla doucement dedans ; quand Sophie eut apporté le vin et qu'elle en eut mis deux gouttes dans le bec, l'oiseau fit un léger mouvement avec ses ailes.

« Il a bougé ! il a bougé ! » s'écrièrent ensemble les quatre petites. En effet, au bout de cinq minutes le rouge-gorge était revenu à la vie ; il s'agitait, il déployait et repliait ses ailes, il redevenait vif comme avant d'avoir été emmailloté.

MARGUERITE, *d'un air moqueur.*

C'est Palmyre qui t'a appris ce moyen de soigner des oiseaux ?

SOPHIE

Oui, c'est Palmyre ; elle les enveloppe tous comme cela.

MARGUERITE, *de même.*

En a-t-elle élevé beaucoup ?

SOPHIE

Oh ! non, ils mouraient tous ; nous ne comprenions pas pourquoi.

ÉLISA

Comment ? vous ne compreniez pas que les oiseaux, n'ayant pas d'air, étouffaient dans les chiffons et le coton ?

SOPHIE

Mais non ; je croyais que les oiseaux n'avaient pas besoin de respirer.

ÉLISA

Ah ! ah ! ah ! en voilà une bonne ! Tous les oiseaux respirent et ont besoin d'air, mademoiselle, et ils étouffent quand ils n'en ont pas.

SOPHIE, *d'un air confus.*

Je ne savais pas.

ÉLISA

Allons, laissez-moi cet oiseau ; ne vous en occupez plus ; je m'en charge et je vous l'élèverai, Madeleine. »

En effet, Élisa dirigea l'éducation du rouge-gorge. Madeleine partageait les soins qu'elle lui donnait, elle l'aidait à changer la laine de son nid, à nettoyer sa cage, à faire une pâtée d'œufs, de pain et de lait. Le petit oiseau s'était attaché à elle ; elle l'avait nommé Mimi ; il venait quand elle l'appelait et se posait souvent sur son bras pendant qu'elle prenait ses leçons. Il finit par ne plus la quitter ; la porte de sa cage restait toujours ouverte, et il y entrait pour manger et dormir ; le reste du temps il volait dans les chambres ; quand la fenêtre était ouverte, il allait se percher sur les arbres voisins, mais il ne s'éloignait jamais beaucoup, et, lorsque Madeleine l'appelait : *Mimi ! Mimi !* il revenait à tire-d'aile se poser sur sa tête ou sur son épaule et la becquetait comme pour l'embrasser. Le

matin Madeleine était souvent éveillée au petit jour par Mimi, qui, perché sur son épaule, allongeait son cou et lui becquetait l'oreille ou les lèvres. « Va-t'en, Mimi, lui disait-elle, laisse-moi dormir. » Mimi rentrait dans sa cage, y restait quelques instants et, quand sa maîtresse s'était endormie, revenait se poser sur son épaule et se mettait à lui siffler dans l'oreille ses plus jolis airs. « Tais-toi, Mimi, lui disait encore Madeleine : tu m'ennuies. » Mimi se taisait, tournait sa petite tête à droite et à gauche, puis, changeant de position, faisait un petit saut et se trouvait sur le nez de la pauvre Madeleine.

Réveillée encore par les petites griffes aiguës de Mimi : « Petit lutin, disait-elle en lui donnant une légère tape, je t'enfermerai demain si tu m'ennuies encore. » Mais Mimi recommençait toujours, et Madeleine ne l'enfermait pas.

« Qu'as-tu donc, Madeleinc ? Tu parais fatiguée ce soir, dit un jour Mme de Fleurville à Madeleine, qui s'endormait.

MADELEINE

Oui, maman, j'ai envie de dormir ; mes yeux se ferment malgré moi.

MARGUERITE

Je parie que c'est à cause de Mimi.

MADAME DE ROSBOURG

Comment Mimi peut-il donner sommeil à Madeleine ? Tu parles trop souvent sans réfléchir, Marguerite.

MARGUERITE

Pardon, maman ; vous allez voir que j'ai très bien réfléchi. Quand on a sommeil, c'est qu'on a envie de dormir.

MADAME DE ROSBOURG, *riant.*

Oh ! c'est positif, et je vois que tu raisonnes au moins aussi bien que Mimi. *(Tout le monde rit.)*

MARGUERITE

Attendez un peu, maman, pour vous moquer de moi. Je continue : quand on a envie de dormir, c'est qu'on a besoin de dormir. *(Tout le monde rit plus fort ; Marguerite, sans se troubler, continue son raisonnement.)* Quand on a besoin de dormir, c'est qu'on n'a pas assez dormi ; quand on n'a pas assez dormi, c'est que quelque chose ou quelqu'un vous a empêché de dormir. Ce quelqu'un est Mimi, qui éveille Madeleine tous les matins au petit jour en lui becquetant la figure, ou en lui gazouillant dans l'oreille, ou en se promenant sur son visage ; c'est pourquoi Madeleine a sommeil et le coupable est Mimi.

MADAME DE FLEURVILLE

Bravo, Marguerite ! c'est très bien raisonné, mais comment Mimi fait-il pour commettre tous ces méfaits ?

MARGUERITE

Madame, Madeleine ne veut pas que Mimi soit enfermé dans sa cage ; elle le gâte ; elle est beaucoup trop bonne pour lui, et c'est elle qui en souffre.

MADAME DE FLEURVILLE

Et c'est ce qui arrive toujours, ma petite Marguerite, quand on gâte les gens ; mais sérieusement, ma chère Madeleine, il ne faut pas laisser prendre à Mimi de ces mauvaises habitudes. Tu es pâle depuis quelques jours ; tu tomberas malade à la longue ; je te conseille d'aller te coucher et de fermer ce soir la porte de la cage de Mimi ; tu la lui ouvriras quand tu seras levée.

MADELEINE

Oui, maman, je vais me coucher, car je me sens réellement bien fatiguée et j'enfermerai Mimi ; seulement j'ai peur que demain matin il ne crie comme un désespéré.

MADAME DE FLEURVILLE

Eh ! laisse-le crier : il finira par s'y habituer. »

Madeleine embrassa sa maman, ses amies, Mme de Rosbourg, et alla se coucher ; elle avait eu soin de pousser et de fixer la porte de la cage, et elle s'endormit immédiatement.

Le lendemain, quand il fit jour, Mimi voulut aller tourmenter sa maîtresse comme d'habitude ; il fut étonné et irrité de trouver sa porte fermée ; il chercha longtemps à l'ouvrir avec son bec, mais, ne pou-

vant y réussir, il se fâcha, il donna des coups de tête dans la porte et il se fit mal. Alors commença une suite de petits cris furieux, entremêlés de grands coups de bec dans son chènevis et son millet, qu'il faisait voler dans sa cage et à travers les barreaux ; puis il lançait de l'eau de tous côtés. Madeleine s'éveilla un instant à ces bruits, qui indiquaient la colère de Mimi ; mais elle se rendormit immédiatement et dormit jusqu'à ce que sa bonne vînt l'éveiller. Alors elle s'empressa d'ouvrir à Mimi, qui s'élança hors de la cage avec humeur et donna deux grands coups de bec dans la joue de Madeleine, comme pour se venger d'avoir été enfermé.

« Ah ! petit méchant ! s'écria Madeleine, tu es en colère ! Viens ici, Mimi, viens tout de suite. »

Mimi n'obéissait pas ; il s'était perché sur un bâton de croisée, où il avait l'air de bouder.

« Mimi, obéissez, monsieur, venez ici tout de suite. »

Mimi, pour toute réponse, se retourne et fait une ordure dans la main que lui tendait Madeleine.

« Petit sale ! petit dégoûtant ! petit méchant ! attends, attends, je t'attraperai, va. Élisa, viens, je t'en prie, m'aider à attraper Mimi et à le mettre en pénitence. »

Élisa, qui avait tout vu et qui riait de l'humeur de Mimi, prit un balai et poursuivit Mimi jusqu'à ce qu'il se réfugiât tout essoufflé dans sa cage. Aussitôt qu'il y fut entré, Madeleine ferma la porte, et Mimi resta prisonnier, maussade et furieux.

Ce ne fut qu'après deux heures de prison que Sophie, Marguerite et Camille auxquelles Madeleine et Élisa avaient raconté la méchanceté de Mimi,

obtinrent sa grâce ; les quatre petites filles vinrent processionnellement ouvrir la cage. Mimi dédaigna de bouger.

« Allons, Mimi, dit Camille, sois bon garçon et ne boude plus ; viens nous dire bonjour comme tu fais tous les matins. »

M. Mimi avait encore de l'humeur ; il ne bougea pas.

« Dieu ! qu'il est méchant ! s'écria Marguerite.

SOPHIE

Hélas ! il fait comme moi jadis : il s'est fâché dans sa prison comme je me suis fâchée dans la mienne, et il a cherché à tout briser comme j'ai déchiré et brisé le livre, le papier et la plume. J'espère qu'il se repentira comme moi. Mimi ! Mimi ! viens demander pardon.

CAMILLE

Il ne veut pas venir ? Eh bien, laissons-le tranquille ; quand il ne boudera plus, nous verrons à lui pardonner. »

On ouvrit les fenêtres. Quand Mimi aperçut les arbres et le ciel, il n'y tint pas ; il s'élança joyeux hors de sa cage et vola sur un des sapins les plus élevés du jardin. Les enfants allèrent se promener de leur côté, laissant Mimi au bonheur de la liberté et à l'amertume du repentir.

Quand elles revinrent au bout d'une heure, Mimi sautait et volait toujours d'arbre en arbre. Madeleine l'appela : « Mimi, mon petit Mimi, il faut rentrer ; viens manger du pain.

— Cuic ! répondit Mimi en faisant aller sa petite tête d'un air moqueur.

— Voyons, Mimi, obéissez et rentrez tout de suite.

— Cuic ! » répondit encore Mimi ; et il s'envola dans le bois.

« Est-il méchant et rancunier ! dit Sophie ; il mérite vraiment une punition.

— Et il l'aura, dit Madeleine : quand il rentrera, je l'enfermerai dans sa cage, et il y restera jusqu'à ce qu'il demande pardon.

— Comment veux-tu, dit Sophie, qu'un pauvre oiseau demande pardon ?

— Je veux que, lorsque je mettrai ma main dans sa cage, il vienne se poser dessus gentiment, en la becquetant, et non pas en donnant de grands coups de bec comme il a fait ce matin.

— Oui, Madeleine, dit Camille, tu as raison ; il faut le traiter un peu sévèrement : tu l'as trop gâté. »

Et les enfants se remirent à leur travail, reprirent leurs jeux et firent leurs repas, sans que Mimi reparût. À la fin de la journée elles commencèrent à s'inquiéter de cette longue absence ; elles allèrent plusieurs fois le chercher et l'appeler dans le jardin et dans le bois : mais Mimi ne répondait ni ne paraissait.

MADELEINE

Je crains qu'il ne soit arrivé quelque chose à ce pauvre Mimi.

MARGUERITE

Peut-être est-il perdu et ne retrouve-t-il pas son chemin ?

CAMILLE

Oh ! non, c'est impossible ; les oiseaux ne peuvent pas se perdre : ils voient si bien et de si loin qu'ils aperçoivent toujours leur maison.

SOPHIE

Peut-être boude-t-il encore ?

MADELEINE

S'il boude, il a un bien mauvais caractère, et je serais bien aise qu'il passât la nuit dehors pour qu'il voie la différence qu'il y a entre une bonne cage chaude avec des grains et de l'eau, et un bois humide sans rien à manger ni à boire.

SOPHIE

Pauvre Mimi ! comme il est bête d'être méchant ! »

La nuit arriva, et les petites allèrent se coucher sans que Mimi reparût ; elles en parlèrent souvent dans la soirée, se promettant bien d'aller le lendemain à sa recherche.

« Et il y gagnera de ne plus aller se promener dehors », dit Madeleine.

Le lendemain, quand les enfants furent prêtes à sortir, Mme de Rosbourg les emmena à la recherche de Mimi ; elles parcoururent tout le bois en appelant *Mimi ! Mimi !* Elles revenaient tristes et inquiètes de leur inutile recherche, lorsque Marguerite, qui marchait en avant, fit un bond et poussa un cri.

« Qu'est-ce ? demandèrent à la fois les trois petites.

— Regardez ! Regardez ! dit Marguerite d'une

voix terrifiée en montrant du doigt un petit amas de plumes et à côté la tête très reconnaissable de l'infortuné Mimi.

— Mimi ! Mimi ! malheureux Mimi ! s'écrièrent les enfants. Pauvre Mimi ! mangé par un vautour ou par un émouchet ! »

Mme de Rosbourg se baissa pour mieux examiner les plumes et la tête : c'étaient bien les restes de Mimi, qui périt ainsi misérablement, victime de son humeur.

Les enfants ne dirent rien, Madeleine pleurait. Elles ramassèrent ce qui restait de Mimi pour l'enterrer et lui ériger un petit tombeau. Quand elles furent rentrées à la maison, Mme de Rosbourg leur obtint facilement un congé pour enterrer Mimi ; elles creusèrent une fosse dans leur petit jardin ; elles y descendirent les restes de Mimi, enveloppés de chiffons et de rubans, et enfermés dans une petite boîte ; elles mirent des fleurs dessus et dessous la boîte ; puis elles remplirent de terre la fosse ; elles élevèrent ensuite, avec l'aide du maçon, quelques briques formant un petit temple, et elles attachèrent au-dessus une petite planche sur laquelle Camille, qui avait la plus belle écriture, écrivit :

« Ci-gît Mimi, qui par sa grâce et sa gentillesse faisait le bonheur de sa maîtresse jusqu'au jour où il périt victime d'un moment d'humeur. Sa fin fut cruelle : il fut dévoré par un vautour. Ses restes, retrouvés par sa maîtresse inconsolable, reposent ici.

« Fleurville, 1856, 20 août. »

Ainsi finit Mimi, à l'âge de trois mois.

Chapitre 19

L'illumination

Depuis un an que Sophie était à Fleurville, elle n'avait encore aucune nouvelle de sa belle-mère ; loin de s'en inquiéter, ce silence la laissait calme et tranquille ; être oubliée de sa belle-mère lui semblait l'état le plus désirable. Elle vivait heureuse chez ses amies ; chaque journée passée avec ces enfants modèles la rendait meilleure et développait en elle tous les bons sentiments que l'excessive sévérité de sa belle-mère avait comprimés et presque détruits. Mme de Fleurville et son amie Mme de Rosbourg étaient très bonnes, très tendres pour leurs enfants, mais sans les gâter ; constamment occupées du bonheur et du plaisir de leurs filles, elles n'oubliaient pas leur perfectionnement, et elles avaient su, tout en les rendant très heureuses, les rendre bonnes et toujours disposées à s'oublier pour se dévouer au bien-être des autres. L'exemple des mères n'avait pas été perdu pour leurs enfants, et Sophie en profitait comme les autres.

Un jour Mme de Fleurville entra chez Sophie ; elle tenait une lettre.

« Chère enfant, dit-elle, voici une lettre de ta belle-mère... »

Sophie saute de dessus sa chaise, rougit, puis pâlit ; elle retombe sur son siège, cache sa figure dans ses mains et retient avec peine ses larmes.

Mme de Fleurville, qui avait interrompu sa phrase au mouvement de Sophie, voit son agitation et lui dit : « Ma pauvre Sophie, tu crois sans doute que ta belle-mère va arriver et te reprendre ; rassure-toi : elle m'écrit au contraire que son absence doit se prolonger indéfiniment ; qu'elle est à Naples, où elle s'est remariée avec un comte Blagowski, et qu'une des conditions du mariage a été que tu n'habiterais plus chez elle. En conséquence, ta belle-mère me demande de te mettre dans une pension quelconque *(Sophie rougit encore et regarde Mme de Fleurville d'un air suppliant et effrayé)* à moins, continue Mme de Fleurville en souriant, que je ne préfère garder près de moi un si mauvais garnement. Qu'en dis-tu, ma petite Sophie ? Veux-tu aller en pension ou aimes-tu mieux rester avec nous, être ma fille et la sœur de tes amies ?

— Chère, chère madame, dit Sophie en se jetant dans ses bras et en l'embrassant tendrement, gardez-moi près de vous, continuez-moi votre affectueuse bonté, permettez-moi de vous aimer comme une mère, de vous obéir, de vous respecter comme si j'étais vraiment votre fille, et de m'appliquer à devenir digne de votre tendresse et de celle de mes amies.

MADAME DE FLEURVILLE, *la serrant contre son cœur.*

C'est donc convenu, chère petite : tu resteras chez moi ; tu seras ma fille comme Camille, Madeleine et Marguerite. Je savais bien que tu nous préférerais à la meilleure, à la plus agréable pension de Paris.

SOPHIE

Chère madame, je vous remercie de m'avoir si bien devinée. Je crains seulement de vous causer une dépense considérable...

MADAME DE FLEURVILLE

Sois sans inquiétude là-dessus, chère enfant ; ton père a laissé une grande fortune qui est à toi et qui suffirait à une dépense dix fois plus considérable que la tienne. »

Après avoir embrassé encore Mme de Fleurville, Sophie courut chez ses amies pour leur annoncer ces grandes nouvelles. Ce fut une joie générale ; elles se mirent à danser une ronde si bruyante, accompagnée de tels cris de joie qu'Élisa accourut au bruit.

ÉLISA

Qu'est-ce ? Qu'y a-t-il, mon Dieu ? Quoi ! c'est une danse ! des cris de joie ! Ah bien ! une autre fois je ne serai pas si bête : vous aurez beau crier, je resterai bien tranquillement chez moi ! Mais a-t-on jamais vu des petites filles crier et se démener ainsi, comme de petits démons ?

MARGUERITE, *sautant toujours.*

Si tu savais, ma chère Élisa, si tu savais quel bonheur ! Viens danser avec nous. Quel bonheur ! quel bonheur !

ÉLISA

Mais quoi donc ? Pour quoi, pour qui faut-il que je me démène comme un lutin ? M'expliquerez-vous enfin ?

MARGUERITE

Sophie reste avec nous toujours ! toujours ! Mme Fichini s'est mariée. Ha ! ha ! ha ! elle s'est mariée avec un comte Blagowski ! ils ne veulent plus de Sophie... quel bonheur ! quel bonheur ! »

Et la ronde, les sauts, les cris recommencèrent de plus belle. Élisa s'était mise de la partie, et le tapage devint tel que successivement toute la maison vint savoir la cause de ce bruit sans pareil.

Chacun s'en allait heureux de la bonne nouvelle, car tous aimaient Sophie et la plaignaient d'avoir une si méchante belle-mère.

Enfin les petites filles se lassèrent de danser ; toutes quatre tombèrent sur des chaises ; Élisa s'y laissa tomber comme elles.

« Mes enfants, dit-elle, vous savez que pour les grandes fêtes on fait des illuminations : faisons-en une ce soir en l'honneur de Sophie.

CAMILLE

Comment cela ? Il faudrait des lampions.

ÉLISA

Eh ! nous allons en faire.

MADELEINE

Avec quoi ? comment ?

ÉLISA

Avec des coquilles de noix et de noisettes, de la cire jaune et de la chandelle.

MARGUERITE

Bravo, Élisa ! Que d'esprit tu as ! Viens que je t'embrasse. »

Et Marguerite se jeta sur Élisa pour l'embrasser ; Camille, Madeleine, Sophie en firent autant, de sorte qu'Élisa enlacée, étouffée, chercha à esquiver ces élans de reconnaissance ; elle voulut se sauver : les quatre petites se pendirent après elle, et ce ne fut qu'après bien des courses qu'elle parvint à leur échapper. On l'entendit s'enfermer dans sa chambre : impossible d'y entrer ; la porte était solidement verrouillée.

MARGUERITE

Élisa ! Élisa ! ouvre-nous, je t'en prie.

CAMILLE

Élisa ! ma bonne Élisa, nous ne t'embrasserons plus que cent cinquante fois.

MADELEINE

Élisa, excellente Élisa, ouvre ; nous avons à te parler.

SOPHIE

Élisa, Élisa, une petite ronde encore, et c'est fini.

ÉLISA

C'est bon, c'est bon ; cassez-vous le nez à ma porte, pendant que je casse autre chose. »

En effet, les enfants entendaient un bruit sec extraordinaire, qui ne discontinuait pas. Crac, crac, crac. « Qu'est-ce qu'elle fait là-dedans ? dit tout bas Sophie ; on dirait qu'elle fait frire des marrons qui éclatent.

MARGUERITE

Attends, attends, je vais regarder par le trou de la serrure... Je ne vois rien ; elle est debout ; elle nous tourne le dos et elle paraît très occupée, mais je ne vois pas ce qu'elle fait.

CAMILLE

J'ai une idée ; sortons tout doucement, faisons le tour par-dehors, et regardons par la fenêtre, qui n'est pas bien haute. Comme elle ne s'y attend pas, elle n'aura pas le temps de se cacher.

SOPHIE

C'est une bonne idée, mais pas de bruit ; allons toutes sur la pointe des pieds, et pas un mot. »

En effet, elles se retirèrent tout doucement, sortirent, firent le tour de la maison sur la pointe des pieds et arrivèrent ainsi sous la fenêtre d'Élisa. Quoique cette fenêtre fût au rez-de-chaussée, elle était encore trop haute pour les petites filles. À un signe de Camille, elles s'élancèrent sur le treillage qui garnissait les murs, et en une seconde leurs quatre têtes se trouvèrent à la hauteur de la fenêtre. Élisa poussa un cri et jeta promptement son tablier sur la commode devant laquelle elle travaillait. Il était trop tard, les petites avaient vu.

« Des noix, des noix ! crièrent-elles toutes ensemble ; Élisa casse des noix, c'est pour l'illumination de ce soir.

— Allons, voyons, puisque vous m'avez découverte, venez m'aider à préparer les lampions. »

Les enfants sautèrent à bas du treillage, refirent en courant, et cette fois pas sur la pointe des pieds, le tour de la maison, et se précipitèrent dans la chambre d'Élisa, dont la porte n'était plus fermée. Elles trouvèrent déjà une centaine de coquilles de noix toutes prêtes à être remplies de cire ou de graisse. Chacune des petites tira son couteau, et elles se mirent à l'ouvrage avec un zèle si ardent qu'en moins d'une heure elles préparèrent deux cents lampions.

« Bon, dit Élisa ; à présent, allons chercher un pot de graisse, une boîte de veilleuses, une casserole à bec et un réchaud. »

Elles coururent avec Élisa à la cuisine et à l'antichambre pour demander les objets nécessaires à leur illumination. En revenant chez Élisa, Camille prit avec une cuiller de la graisse, qu'elle mit dans la casserole ; Madeleine entassa du charbon dans le réchaud ;

Élisa alluma et souffla le feu ; Sophie et Marguerite rangèrent les coquilles de noix sur la commode. Quand la graisse fut fondue, Élisa en remplit les coquilles, et, pendant qu'elle était encore chaude et liquide, les enfants mirent une mèche de veilleuse dans chacun des petits lampions.

Cette opération leur prit une bonne heure. Elles attendirent que la graisse fût bien refroidie et durcie, puis elles mirent tous les lampions dans deux paniers.

« Allons, dit Élisa, voilà notre ouvrage terminé ; il ne nous reste plus qu'à placer tous ces petits lampions sur les croisées, sur les cheminées, sur les tables, et nous les allumerons après dîner, quand il fera nuit. »

Mme de Fleurville et Mme de Rosbourg travaillaient dans le salon quand les enfants et Élisa entrèrent avec leurs paniers.

MADAME DE ROSBOURG

Qu'apportez-vous là, mes enfants ?

CAMILLE

Des lampions, madame, pour célébrer ce soir par une illumination le mariage de Mme Fichini et l'abandon qu'elle nous fait de Sophie.

MADAME DE FLEURVILLE

Mais c'est très joli, tous ces petits lampions ; où les avez-vous eus ?

MADELEINE

Nous les avons faits, maman ; Élisa nous en a donné l'idée et nous a aidées à les faire. »

Mme de Fleurville et Mme de Rosbourg trouvèrent l'idée très bonne ; elles aidèrent les enfants à placer les lampions. L'heure du dîner étant arrivée, Élisa emmena les petites filles pour les laver et les arranger. Le dîner leur parut bien long ; elles étaient impatientes de voir l'effet de leur illumination. Après dîner, il fallut encore attendre qu'il fît nuit. Elles firent une très petite promenade avec leurs mamans, jusqu'au moment où l'obscurité vint. Enfin, Marguerite s'écria qu'elle voyait une étoile, ce qui prouvait bien qu'il faisait assez sombre pour commencer leur illumination. Tout le monde rentra un peu en courant ; les mamans comme les petites filles se mirent à allumer les lampions.

Quand ils furent tous allumés, les enfants se mirent au milieu du salon pour juger de l'effet.

Tous ces cordons de lumière formaient un coup d'œil charmant. Les petites étaient enchantées ; elles battaient des mains, sautaient ; les mamans leur proposèrent une partie de cache-cache, qui fut acceptée avec des cris de joie : Élisa, Mme de Fleurville et Mme de Rosbourg jouèrent avec elles, on se cachait dans toutes les chambres, on courait dans les corridors, dans les escaliers, on trichait un peu, on riait beaucoup et l'on était heureux,

Après deux heures de courses et de rires, il fallut pourtant finir cette bonne journée. Mais, avant de se coucher, les enfants eurent un petit souper de gâteaux, de crèmes, de fruits. Élisa fut invitée à souper avec les petites filles. Comme elle était fort modeste, elle s'en défendit un peu ; mais les enfants, qui voyaient dans ses yeux que toutes ces bonnes choses lui faisaient envie, l'entourèrent, la traînèrent vers la table,

la firent asseoir et lui servirent de tout en telle quantité qu'elle déclara ne plus pouvoir avaler. Alors les enfants firent un grand tas de gâteaux et de fruits, qu'elles enveloppèrent dans une immense feuille de papier, et la forcèrent à emporter le tout chez elle. Élisa les remercia, les embrassa et alla préparer leur coucher.

Sophie, de son côté, remercia Camille, Madeleine et Marguerite de leur amitié, et se retira le cœur rempli de reconnaissance et de bonheur.

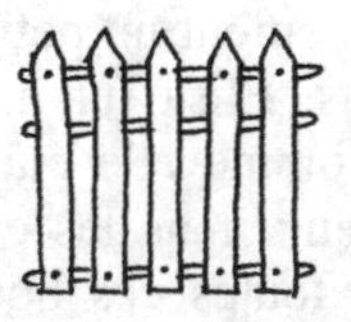

Chapitre 20

La pauvre femme

« Mes chères enfants, dit un jour Mme de Fleurville, allons faire une longue promenade. Le temps est magnifique, il ne fait pas chaud ; nous irons dans la forêt qui mène au moulin.

MARGUERITE

Et cette fois je n'emporterai certainement pas ma jolie poupée.

MADAME DE ROSBOURG

Je crois que tu feras bien.

CAMILLE, *souriant.*

À propos du moulin, savez-vous, maman, ce qu'est devenue Jeannette ?

MADAME DE FLEURVILLE

Le maître d'école est venu m'en parler il y a peu de jours ; il en est très mécontent ; elle ne travaille pas, ne l'écoute pas : elle cherche à entraîner les autres petites filles à mal faire. Ce qui est pis encore, c'est qu'elle vole tout ce qu'elle peut attraper, les mouchoirs de ses petites compagnes, leurs provisions, les plumes, le papier, tout ce qui est à sa portée.

MADELEINE

Mais comment sait-on si c'est Jeannette qui vole ? Les petites filles perdent peut-être elles-mêmes leurs affaires.

MADAME DE FLEURVILLE

On l'a surprise déjà trois fois pendant qu'elle volait, ou qu'elle emportait sous ses jupons les objets qu'elle avait volés ! Depuis ce temps, la maîtresse d'école la fouille tous les soirs avant de la laisser partir.

MARGUERITE

Et sa mère, qui l'a tant fouettée l'année dernière pour la poupée, ne la punit donc pas ?

MADAME DE ROSBOURG

Sa mère l'a fouettée sévèrement pour la poupée parce que ce vol lui avait fait perdre les présents que je devais lui donner ; mais il paraît qu'elle l'élève très mal et qu'elle lui donne de mauvais exemples.

SOPHIE

Est-ce que sa mère vole aussi ?

MADAME DE FLEURVILLE

Elle vole dans un autre genre que sa fille ; ainsi quand on lui apporte du grain à moudre, elle en cache une partie. Elle va la nuit avec son mari voler du bois dans la forêt qui m'appartient ; elle vole du poisson de mes étangs et elle va le vendre au marché. Jeannette voit tout cela, et elle fait comme ses parents. C'est un grand malheur : le bon Dieu les punira un jour, et personne ne les plaindra. »

La promenade fut très agréable. On suivit un chemin qui entrait dans le bois ; les enfants virent de loin Jeannette, qui se sauva dans le moulin aussitôt qu'elle les aperçut.

MARGUERITE

Regarde, Sophie ; vois-tu la tête de Jeannette qui passe par la lucarne du grenier ?

SOPHIE

Ah ! elle la rentre ! la voici qui reparaît à l'autre bout du grenier.

CAMILLE

Prenez garde. Jeannette nous lance des pierres ! »

En effet, cette méchante fille cherchait à attraper les enfants avec des pierres tranchantes qu'elle lançait de toute sa force. Mme de Fleurville en fut très mécontente et promit qu'en rentrant elle ferait venir

le père de Jeannette pour se plaindre de sa méchante fille.

On continua la promenade et l'on finit par s'asseoir à l'ombre des vieux chênes chargés de glands. Pendant que les enfants s'amusaient à en ramasser et à remplir leurs poches, elles crurent entendre un léger bruit ; elles s'arrêtèrent et écoutèrent : des gémissements et des sanglots arrivèrent distinctement à leurs oreilles.

« Allons voir qui est-ce qui pleure », dit Camille.

Et toutes quatre s'élancèrent dans le bois, du côté où elles entendaient gémir. À peine eurent-elles fait quelques pas qu'elles virent une petite fille de douze à treize ans, couverte de haillons, assise par terre ; sa tête était cachée dans ses mains ; les sanglots soulevaient sa poitrine, et elle était si absorbée dans son chagrin qu'elle n'entendit pas venir les enfants.

« Pauvre petite, dit Madeleine, comme elle pleure ! »

La petite fille releva la tête et parut effrayée à la vue des quatre enfants qui l'entouraient ; elle se leva et fit un mouvement pour s'enfuir.

CAMILLE

Ne te sauve pas, ma petite fille ; n'aie pas peur, nous ne te ferons pas de mal.

MADELEINE

Pourquoi pleures-tu, ma pauvre petite ? »

Le son de voix si plein de douceur et de pitié avec lequel avaient parlé Camille et Madeleine attendrit la

petite fille, qui recommença à sangloter plus fort qu'auparavant.

Marguerite et Sophie, touchées jusqu'aux larmes, s'approchèrent de la pauvre enfant, la caressèrent, l'encouragèrent et réussirent enfin, aidées de Camille et de Madeleine, à sécher ses pleurs et à obtenir d'elle quelques paroles.

LA PETITE FILLE

Mes bonnes petites demoiselles, nous sommes dans le pays depuis un mois : ma pauvre maman est tombée malade en arrivant ; elle ne peut plus travailler. J'ai vendu tout ce que nous avions pour avoir du pain, je n'ai plus rien ; j'avais pourtant bien espéré qu'on m'achèterait au moulin ma pauvre robe qui cache mes haillons, mais on n'en a pas voulu ; j'ai été chassée, et même une petite fille m'a lancé des pierres.

MARGUERITE

Je suis sûre que c'est la méchante Jeannette.

LA PETITE FILLE

Oui, tout juste ; sa mère l'a appelée de ce nom et lui a dit de finir, mais elle m'a encore attrapée au bras, si fort que j'en ai saigné. Ce ne serait rien si j'avais pu avoir quelque argent pour rapporter du pain à ma pauvre maman ; elle est si faible, et elle n'a rien mangé depuis hier !

SOPHIE

Rien mangé !... Mais alors... toi aussi, ma pauvre petite, tu n'as rien mangé !

LA PETITE FILLE

Oh ! moi, mademoiselle, je ne suis pas malade : je puis bien supporter la faim ; d'ailleurs, en allant au moulin, j'ai ramassé et mangé quelques glands.

CAMILLE

Des glands ! Pauvre, pauvre enfant ! attends-nous un instant, ma petite ; nous avons dans un panier du pain et des prunes, nous allons t'en apporter.

— Oui, oui, s'écrièrent tout d'une voix Madeleine, Marguerite et Sophie, donnons-lui notre goûter et demandons de l'argent à nos mamans pour elle.

Elles coururent rejoindre leurs mamans ; elles arrivèrent toutes haletantes, et, pendant que Camille et Madeleine racontaient ce que leur avait dit la petite fille, Sophie et Marguerite couraient lui porter le panier qui renfermait les provisions ; elles virent bientôt arriver Mme de Fleurville et Mme de Rosbourg.

La petite fille n'avait pas encore touché au pain ni aux fruits.

MADAME DE FLEURVILLE

Mange, ma petite fille ; tu nous diras ensuite où tu demeures et qui tu es.

LA PETITE FILLE, *faisant une révérence.*

Je vous remercie bien, madame, vous êtes bien bonne ; j'aime mieux garder le pain et les fruits pour les donner à maman ; je vais tout de suite les lui porter.

MADAME DE ROSBOURG

Et toi, ma petite, tu n'en mangeras donc pas ?

LA PETITE FILLE

Oh ! madame, merci bien, je n'en ai pas besoin ; je ne suis pas malade, je suis forte. »

En disant ces mots, la petite fille, pâle, maigre et à peine assez forte pour se soutenir, essaya de porter le panier et fléchit sous son poids ; elle se retint au buisson, rougit et répéta d'une voix faible et éteinte : « Je suis forte, mesdemoiselles, ne vous inquiétez pas de moi. »

MADAME DE ROSBOURG, *se mettant en marche.*

Donne-moi ce panier, ma pauvre enfant, je le porterai jusque chez toi ; où demeures-tu ?

LA PETITE FILLE

Ici, tout près, madame, sur la lisière du bois.

MADAME DE FLEURVILLE

Comment s'appelle ta maman ?

LA PETITE FILLE

On l'appelle la mère la Frégate, mais son vrai nom est Françoise Lecomte.

MADAME DE FLEURVILLE

Et pourquoi donc, mon enfant, l'appelle-t-on la mère la Frégate ?

LA PETITE FILLE

Parce qu'elle est la femme d'un marin.

MADAME DE ROSBOURG, *avec intérêt.*

Où est ton père ? N'est-il pas avec vous ?

LA PETITE FILLE

Hélas ! non, madame, et c'est pour cela que nous sommes si malheureuses. Mon père est parti il y a quelques années ; on dit que son vaisseau a péri ; nous n'en avons plus entendu parler ; maman en a eu tant de chagrin qu'elle a fini par tomber malade. Nous avons vendu tout ce que nous avions pour acheter du pain, et maintenant nous n'avons plus rien à vendre. Que va devenir ma pauvre mère ? Que pourrais-je faire pour la sauver ? »

Et la petite fille recommença à sangloter.

Mme de Rosbourg avait été fort émue et fort agitée par ce récit.

« Sur quel vaisseau était monté ton père, demanda-t-elle d'une voix tremblante, et comment s'appelait le commandant ?

LA PETITE FILLE

C'était la frégate la *Sibylle,* commandant de Rosbourg. »

Mme de Rosbourg poussa un cri et saisit dans ses bras la petite fille effrayée.

« Mon mari !... son vaisseau !... répétait-elle. Pauvre enfant, toi aussi, tu es restée orpheline comme ma pauvre Marguerite ! Ta pauvre mère pleure comme

moi un mari perdu, mais vivant peut-être. Ah ! ne t'inquiète plus de ta mère ni de ton avenir ; vite, conduis-moi près d'elle, que je la voie, que je la console ! »

Et elle pressa le pas, tenant par la main la petite Lucie (c'était son nom) ; Mme de Fleurville et les enfants suivaient en silence. Lucie n'avait pas bien compris l'exclamation et les promesses de Mme de Rosbourg, mais elle sentait que c'était du bonheur qui lui arrivait et que sa mère serait secourue ; elle marchait aussi vite que le lui permettait sa faiblesse ; en peu d'instants, elles arrivèrent à une vieille masure.

C'était une cabane, une hutte de bûcheron, abandonnée et délabrée. Le toit était percé de tous côtés ; il n'y avait pas de fenêtre ; la porte était si peu élevée que Mme de Rosbourg dut se baisser pour y entrer ; l'obscurité ne lui permit pas au premier moment de distinguer, au fond de la cabane, une femme, à peine couverte de mauvais haillons, étendue sur un tas de mousse : c'était le lit de la mère et de la fille. Aucun meuble, aucun ustensile de ménage ne garnissait la cabane ; aucun vêtement n'était accroché aux murs. Mme de Rosbourg eut peine à retenir ses larmes à la vue d'une si profonde misère ; elle s'approcha de la malheureuse femme pâle, amaigrie, qui attendait avec anxiété le retour de Lucie et la nourriture qu'elle devait acheter avec le prix de sa pauvre vieille robe. Mme de Rosbourg comprit que la faim était en ce moment la plus cruelle souffrance de la mère et de la fille ; elle fit approcher Lucie, ouvrit le panier et partagea entre elles le pain et les fruits, qu'elles dévorèrent avec avidité. Elle attendit la fin de ce petit repas pour expliquer à la pauvre femme qu'elle était Mme de Rosbourg, femme du comman-

dant de la *Sibylle,* et que la petite Lucie lui avait raconté leur misère, leur chagrin depuis la perte du vaisseau que montait son mari.

« Je me charge de votre avenir, ma pauvre Françoise, ajouta-t-elle ; ne vous inquiétez ni de votre petite Lucie ni de vous-même. En rentrant à Fleurville, je vais immédiatement vous envoyer une charrette qui vous amènera au village. Je m'occuperai de vous loger, de vous faire soigner, de vous procurer tout ce qui vous est nécessaire. Dans deux heures, vous aurez quitté cette habitation malsaine et misérable. »

Mme de Rosbourg ne donna ni à Françoise ni à Lucie le temps de revenir de leur surprise ; elle sortit précipitamment, emmenant avec elle Mme de Fleurville et les enfants, qui étaient restées à la porte de la cabane. Aucune d'elles ne parla ; Mme de Rosbourg était absorbée dans ses tristes souvenirs, Mme de Fleurville et les enfants respectaient sa douleur. En approchant du village, Mme de Rosbourg proposa à Mme de Fleurville de venir avec elle visiter une maison qui était à louer depuis quelque temps et qui pouvait convenir à la pauvre femme. Mme de Fleurville accepta la proposition avec empressement, et l'on se dirigea vers une maison petite, mais propre, et entièrement mise à neuf. Il y avait trois pièces, une cave et un grenier, un joli jardin et un potager planté d'arbres fruitiers ; les chambres étaient claires, assez grandes pour servir, l'une de cuisine et de salle à manger, l'autre de chambre pour la mère Françoise et sa fille, la troisième de pièce de réserve.

« Chère amie, dit Mme de Rosbourg à Mme de Fleurville, pendant que j'irai chez le propriétaire de cette maison, ayez la bonté de rentrer au château et d'envoyer une charrette qui ramènera la femme Lecomte, et une seconde voiture qui apportera ici les meubles et les effets indispensables pour ce soir. La pauvre femme pourra dès aujourd'hui passer la nuit dans un bon lit, en attendant que je lui achète de quoi se meubler convenablement. »

Mme de Fleurville et les enfants partirent sans plus attendre. Les enfants, aidées d'Élisa, se chargèrent de rassembler tout ce qu'il fallait pour le coucher et le dîner de Françoise et de Lucie. Mais, quand chacune d'elles eut fait apporter les objets qu'elle croyait absolument nécessaires, il y en avait une telle quantité qu'une seule charrette n'aurait pu en contenir même la moitié. C'étaient des tables, des chaises, des fauteuils, des tabourets, des flambeaux, des vases, des casseroles, des cafetières, des tasses, des verres, des assiettes, des carafes, des balais, des brosses, des tapis, un pain de sucre, deux pains de six livres chacun, une marmite pleine de viande, une cruche de lait, une motte de beurre, un panier d'œufs, dix bouteilles de vin, toutes sortes de provisions en légumes, en fruits, en saucissons, jambons, etc., etc.

Quand Élisa vit cet amas d'objets inutiles, elle se mit à rire si fort que Marguerite et Sophie se fâchèrent, pendant que Camille et Madeleine rougissaient de contrariété.

« Pourquoi ris-tu, Élisa ? dit Marguerite avec animation. Il n'y a rien de si risible à voir préparer des provisions pour une pauvre femme.

ÉLISA, *riant encore.*

Et vous croyez que votre maman enverra tout cet amas de choses inutiles ?

SOPHIE, *piquée.*

Il n'y a rien que de très utile dans ce que nous avons fait apporter.

ÉLISA

Utile pour une maison comme la nôtre ; mais pour une pauvre femme qui n'a pas seulement un lit à elle, que voulez-vous qu'elle fasse de tout cela ? Et comment viendrait-elle à bout de ranger et de nettoyer tous ces meubles ? et comment mangerait-elle tout ce pain, qui serait dur comme une pierre avant qu'elle arrivât à la dernière bouchée ? cette viande, qui serait gâtée avant qu'elle en eût mangé la moitié ? ce beurre, ces œufs, ces légumes ? Tout serait perdu, vous le voyez bien.

CAMILLE

Mais toi-même, Élisa, tu as préparé des matelas, des oreillers, des draps, des couvertures.

ÉLISA

Certainement, parce que c'est nécessaire pour le coucher de la mère Lecomte et de sa fille. Mais tout cela ?... Allons, laissez-moi faire ; je vais arranger les choses pour le mieux. Joseph, venez nous aider à ranger nos affaires dans la charrette pour la petite maison blanche du village. Tenez, voilà Nicaise qui

passe ; appelez-le, qu'il nous donne un coup de main... Bon... ; prenez les matelas... c'est cela... ; à présent, le paquet de couvertures, de draps et d'oreillers..., très bien... Placez dans un coin ce pain, ce petit pot de beurre, ces six œufs... ; bon... et puis la petite marmite de bouillon..., une bouteille de vin à présent..., un paquet de chandelles et un flambeau. Là..., ajoutez cette petite table, deux chaises de paille, deux verres, deux assiettes..., et c'est tout. Allez, maintenant, et attendez madame pour décharger la voiture. »

Chapitre 21

Installation de Françoise et de Lucie

CAMILLE

Maman, voulez-vous nous permettre d'aller avec Élisa à la petite maison blanche, pour préparer les lits et les provisions de la pauvre Lucie et de sa maman ? Nous la verrons arriver et nous jouirons de sa surprise.

MADAME DE FLEURVILLE

Oui, chères enfants, allez achever votre bonne œuvre et arrangez tout pour le mieux. Vous achèterez au village ce qui manquera pour leur petit repas du soir. Moi, je reste ici pour écrire des lettres et préparer vos leçons pour demain ; vous me raconterez la joie de la pauvre femme et de sa fille.

MADELEINE

Maman, pouvons-nous emporter une de nos chemises, un jupon, une robe, des bas, des souliers et un mouchoir pour la pauvre Lucie, qui est en haillons ?

MADAME DE FLEURVILLE

Certainement, ma petite Madeleine ; tu as là une bonne et charitable pensée. Emportez aussi du linge pour la pauvre mère et ma vieille robe de chambre, en attendant que Mme de Rosbourg achète ce qui est nécessaire pour les habiller.

MADELEINE

Merci, ma chère maman, que vous êtes bonne ! »

Mme de Fleurville embrassa tendrement Madeleine, qui courut annoncer cette heureuse nouvelle à ses amies. Élisa fit un petit paquet des effets qu'elles emportaient, et elles se remirent gaiement en route.

En arrivant à la maison blanche, elles y trouvèrent Mme de Rosbourg qui faisait décharger la charrette ; les enfants aidèrent Élisa à faire les lits et à placer les objets qu'on avait apportés.

ÉLISA

Il nous faut du bois pour faire cuire la soupe.

CAMILLE

Et du sel pour mettre dedans !

MADELEINE

Et des cuillers pour la manger !

SOPHIE

Et des couteaux pour couper le pain !

MARGUERITE

Et des terrines et des plats pour mettre le beurre et les œufs.

MADAME DE ROSBOURG

Ma chère Élisa, voulez-vous aller au village acheter ce qui est nécessaire ?

ÉLISA

Oui, madame, avec grand plaisir. Attendez-moi, enfants, je serai revenue dans cinq minutes. »

Les enfants s'occupèrent à mettre le couvert, ce qui ne leur prit pas beaucoup de temps ; elles placèrent la table au milieu de la cuisine, les deux chaises en face l'une de l'autre, les assiettes, les verres et la bouteille de vin sur la table, ainsi que le pain. Élisa revint en courant ; elle apportait ce qui manquait et, de plus, du sucre pour le vin chaud qu'elle voulait faire boire à Françoise.

« Voici encore une cruche pour mettre de l'eau, ajouta-t-elle ; nous n'y avions pas pensé. »

Après une attente de quelques minutes, pendant lesquelles Élisa eut le temps d'allumer le feu et de faire une bonne soupe et une omelette, on vit enfin arriver la charrette, dans laquelle était étendue la pauvre Françoise, la tête appuyée sur les genoux de la petite Lucie. Quand la voiture s'arrêta devant la porte, Mme de Rosbourg, aidée d'Élisa, en fit descendre

Françoise, plus faible, plus pâle encore que quelques heures auparavant. La pauvre femme n'eut pas la force de remercier Mme de Rosbourg ; mais son regard attendri indiquait assez la reconnaissance dont son cœur débordait. Lucie était si inquiète de cette grande faiblesse, qu'elle ne songea pas à regarder la maison ni la chambre où on la faisait entrer. Mais quand, rassurée sur sa mère, elle la vit couverte de linge blanc, couchée dans un bon lit, avec des draps, des couvertures, son visage, si inquiet jusqu'alors, devint radieux ; sa tête penchée vers sa mère se redressa ; ses yeux fixés sur ce pâle visage changèrent de direction ; elle regarda autour d'elle : la douleur et l'inquiétude firent place au bonheur ; ses joues se colorèrent ; des larmes de joie coulèrent sur sa figure ; l'émotion lui coupa la parole ; elle ne put que se jeter à genoux et saisir la main de Mme de Rosbourg, qu'elle tint appuyée sur ses lèvres en éclatant en sanglots.

« Remets-toi, mon enfant, lui dit Mme de Rosbourg avec bonté en la relevant ; ce n'est pas à moi que tu dois adresser de tels remerciements, mais au bon Dieu, qui m'a permis de te rencontrer et de soulager votre misère. Calme-toi pour ne pas agiter ta mère ; avec du repos et une bonne nourriture elle se remettra promptement. Voici Élisa qui lui apporte une soupe et un verre de vin chaud sucré. Et toi, ma pauvre enfant, qui es presque aussi exténuée que ta mère, mets-toi à table et mange le petit repas que t'a préparé Élisa. »

Les enfants entraînèrent Lucie dans la pièce à côté et lui servirent son dîner, pendant qu'Élisa et Mme de Rosbourg faisaient manger Françoise. Camille lui ser-

vit de la soupe, Madeleine un morceau de bœuf, Sophie de l'omelette, et Marguerite lui versait à boire. Lucie ne se lassait pas de regarder, d'admirer, de remercier ; elle appelait les enfants : *mes chères bienfaitrices,* ce qui amusa beaucoup Marguerite.

Quand Lucie eut fini de manger, les quatre petites se précipitèrent pour l'habiller ; elles faillirent la mettre en pièces, tant elles se dépêchaient de la débarrasser de ses haillons et de la revêtir des effets qu'elles avaient apportés. Lucie ne put s'empêcher de pousser quelques petits cris tandis que l'une lui arrachait des cheveux en enlevant son bonnet sale, que l'autre lui enfonçait une épingle dans le dos, que la troisième la pinçait en lui passant ses manches, et que la quatrième l'étranglait en lui nouant son bonnet blanc. Elle finit pourtant par se trouver admirablement habillée et elle courut se faire voir à sa maman, qui, joignant les mains, regardait Lucie avec admiration. Elle dit enfin d'une voix un peu plus forte :

« Chères demoiselles, chères dames, que le bon Dieu vous bénisse et vous récompense ; qu'il vous rende un jour le bien que vous me faites et le bonheur dont vous remplissez mon cœur ! Ma pauvre Lucie, approche encore, que je te regarde, que je te touche ! Ah ! si ton pauvre père pouvait te voir ainsi ! »

Elle retomba sur son oreiller, cacha sa tête dans ses mains et pleura. Mme de Rosbourg lui prit les mains avec affection et la consola de son mieux.

« Tout ce que nous envoie le bon Dieu est pour notre bien, ma bonne Françoise. Voyez ! si la méchante meunière n'avait pas chassé votre pauvre Lucie, mes petites ne l'auraient pas entendue pleurer,

je ne l'aurais pas questionnée, je n'aurais pas connu votre misère. Il en est ainsi de tout ; Dieu nous envoie le bonheur et permet les chagrins ; recevons-les de lui et soyons assurés que le tout est pour notre bien. »

Les paroles de Mme de Rosbourg calmèrent Françoise ; elle essuya ses larmes et se laissa aller au bonheur de se trouver dans une maison bien close, bien propre, dans un bon lit avec du linge blanc, et avec la certitude de ne plus avoir à redouter ni pour elle ni pour Lucie les angoisses de la faim, du froid et de toutes les misères dont Mme de Rosbourg venait de la sortir.

« Demain, ma bonne Françoise, dit Mme de Rosbourg, j'irai à Laigle pour acheter les meubles, les vêtements et les autres objets nécessaires à votre ménage. Mes petites et moi, nous viendrons vous voir souvent ; si vous désirez quelque chose, faites-le-moi savoir. En attendant, voici vingt francs que je vous laisse pour vos provisions de bois, de chandelle, de viande, de pain, d'épicerie. Quand vous serez bien guérie, je vous donnerai de l'ouvrage ; ne vous inquiétez de rien ; mangez, dormez, prenez des forces et priez le bon Dieu avec moi qu'il nous rende un jour nos maris. »

Mme de Rosbourg appela les enfants, qui dirent adieu à Lucie en lui promettant de venir la voir le lendemain, et les ramena au château, où elles trouvèrent Mme de Fleurville un peu inquiète de leur absence prolongée, et prête à partir pour aller les chercher, l'heure du dîner étant passée depuis longtemps.

Les enfants racontèrent toute la joie de Lucie et de sa mère, leur reconnaissance, la bonté de Mme de Rosbourg ; elles parlèrent avec volubilité toute la soi-

rée ; elles recommencèrent avec Élisa quand elles allèrent se coucher ; elles parlaient encore en se mettant au lit ; la nuit elles rêvèrent de Lucie, et le lendemain leur première pensée fut d'aller à la petite maison blanche. Quand Mme de Fleurville leur proposa de les y mener, Mme de Rosbourg était partie depuis longtemps pour acheter le mobilier promis la veille. Elles trouvèrent Françoise sensiblement mieux et levée ; Lucie avait demandé à un petit voisin obligeant de lui faire un balai ; elle avait nettoyé non seulement les chambres, mais le devant de la maison ; les lits étaient bien proprement faits, le bois qu'elle avait acheté était rangé en tas dans la cave ; avec un de ses vieux haillons elle avait essuyé la table, les chaises, les cheminées : tout était propre. Françoise et Lucie se promenaient avec délices dans leur nouvelle demeure quand Mme de Fleurville et les enfants arrivèrent ; elles apportaient quelques provisions pour le déjeuner ; Lucie se mit en devoir de préparer le repas. Les enfants lui proposèrent de l'aider.

LUCIE

Merci, mes bonnes chères demoiselles, je m'en tirerai bien toute seule ; il ne faut pas salir vos jolies mains blanches à faire le feu et à fondre le beurre.

MARGUERITE

Mais saurais-tu faire une omelette, une soupe ?

LUCIE

Oh ! que oui, mademoiselle ; j'ai fait des choses plus difficiles que cela, quand nous avions de quoi.

Pendant que maman travaillait, je faisais tout le ménage. »

Mme de Fleurville et les enfants rentrèrent au château pour les leçons, qui avaient été un peu négligées la veille. Mme de Rosbourg revint à midi ; elle demanda et obtint un dernier congé pour aider à placer et à ranger le mobilier de la maison blanche. Élisa, qui était fort complaisante et fort adroite, fut encore mise en réquisition par Mme de Rosbourg et les enfants, et l'on retourna après déjeuner chez Françoise, les enfants courant et sautant tout le long du chemin. Elles trouvèrent la mère et la fille folles de joie devant tous leurs trésors. Meubles, vaisselle, linge, vêtements, rien n'avait été oublié. Ce fut une longue occupation de tout mettre en place. On courut chercher le menuisier pour clouer des planches ; des clous à crochet. On accrocha et l'on décrocha dix fois les casseroles, les miroirs ; presque tous les meubles firent le tour des chambres avant de trouver la place où ils devaient rester ; chacune donnait son avis, criait, tirait, riait. Tout l'après-midi suffit à peine pour tout mettre en place. Jamais Lucie n'avait été si heureuse, son cœur débordait de joie ; de temps à autre, elle se jetait à genoux et s'écriait : « Mon Dieu, je vous remercie ! Mes chères dames, que je vous suis reconnaissante ! Mes bonnes petites demoiselles, merci, oh ! merci. » Les petites étaient aussi joyeuses que Lucie et Françoise. La vue de tant de bonheur leur était une excellente leçon de charité. Sophie se promettait de toujours être charitable, de donner aux pauvres tout l'argent de ses menus plaisirs. La journée se termina par un repas excellent, que Mme de Fleurville avait fait apporter chez Françoise. Tous dînèrent ensemble

sur la table neuve avec la vaisselle et le linge de Françoise. Élisa fut de la partie ; Camille et Madeleine la placèrent entre elles et eurent soin de remplir son assiette tout le temps du dîner. On servit de la soupe, un gigot rôti, une fricassée de poulet, une salade et une tourte aux pêches. Lucie se léchait les doigts ; les enfants jouissaient de son bonheur, que partageait Françoise.

Après le dîner, Mme de Rosbourg et Mme de Fleurville retournèrent au château, laissant Élisa avec les enfants, qui avaient instamment demandé de rester pour aider Lucie à laver, à essuyer la vaisselle et à tout mettre en ordre.

Quand tout fut propre et rangé, quand on eut soigneusement renfermé dans le buffet les restes du repas, Élisa et les enfants se retirèrent ; Lucie aida sa mère à se coucher et se reposa elle-même des fatigues de cette heureuse journée.

Chapitre 22

Sophie veut exercer la charité

Sophie avait été fortement impressionnée de l'aventure de Françoise et de Lucie ; elle avait senti le bonheur qu'on goûte à faire le bien. Jamais sa belle-mère ni aucune des personnes avec lesquelles elle avait vécu n'avaient exercé la charité et ne lui avaient donné de leçons de bienfaisance. Elle savait qu'elle aurait un jour une fortune considérable, et, en attendant qu'elle pût l'employer au soulagement des misères, elle désirait ardemment retrouver une autre Lucie et une autre Françoise. Un jour, la mère Leuffroy, la jardinière, avec laquelle elle aimait à causer, et qui était une très bonne femme, lui dit :

« Ah ! mam'selle, il y a bien des pauvres que vous ne connaissez pas, allez ! Je connais une bonne femme, moi, par-delà la forêt, qui est tout à fait malheureuse. Elle n'a pas toujours un morceau de pain à se mettre sous la dent.

SOPHIE

Où demeure-t-elle ? Comment s'appelle-t-elle ?

MÈRE LEUFFROY

Elle reste dans une maisonnette qui est à l'entrée du village en sortant de la forêt ; elle s'appelle la mère Toutain. C'est une pauvre petite vieille pas plus grande qu'un enfant de huit ans, avec de grandes mains, longues comme des mains d'homme. Elle a quatre-vingt-deux ans ; elle se tient encore droite, tout comme moi ; elle travaille le plus qu'elle peut ; mais, dame ! elle est vieille, ça ne va pas fort. Elle a une petite chaise qui semble faite pour un enfant, elle couche dans un four, sur de la fougère, et elle ne mange que du pain et du fromage, quand elle en a.

SOPHIE

Oh ! que je voudrais bien la voir ! Est-ce bien loin ?

MÈRE LEUFFROY

Pour ça non, mam'selle : une demi-heure de marche au plus. Vous irez bien en vous promenant. »

Sophie ne dit plus rien, mais elle forma en elle-même le projet d'y aller ; et, pour en avoir seule le mérite, elle résolut de le faire sans aide, sans en parler à personne, sinon à Marguerite, avec laquelle elle était plus particulièrement liée ; d'ailleurs, elle craignait que Camille et Madeleine, qui ne faisaient jamais rien sans demander la permission à leur maman, ne l'empêchassent de s'éloigner sans sa bonne. Elle attendit donc que Marguerite fût seule

pour lui raconter ce qu'elle savait de la misère de cette pauvre petite vieille, et pour lui proposer d'aller la voir et la secourir.

MARGUERITE

Je ne demande pas mieux ; allons-y tout de suite, si maman le permet, et emmenons avec nous Camille, Madeleine et Élisa.

SOPHIE

Mais non, Marguerite, il ne faut en parler à personne, cela sera bien plus beau, bien plus charitable, d'aller seules, de ne nous faire aider de personne, de donner à cette petite mère Toutain l'argent que nous avons pour nos gâteaux et nos plaisirs. Moi, j'ai trois francs vingt centimes dans ma bourse ; et toi, combien as-tu ?

MARGUERITE

Moi, j'ai deux francs quarante-cinq centimes. Je sais bien que nous sommes riches ; mais pourquoi est-ce mieux, pourquoi est-ce plus charitable de nous cacher de Mme de Fleurville, de maman, de Camille, de Madeleine, et d'aller seules chez cette bonne femme ?

SOPHIE

Parce que j'ai entendu dire, l'autre jour, à ta maman, qu'il ne faut pas s'enorgueillir du bien qu'on fait, et qu'il faut se cacher pour ne pas en recevoir d'éloges. Alors, tu vois bien que nous ferons mieux

de nous cacher pour faire la charité à cette bonne vieille.

MARGUERITE

Il me semble pourtant que je dois le dire au moins à maman.

SOPHIE

Mais pas du tout. Si tu le dis à ta maman, ils voudront tous venir avec nous, ils voudront tous donner de l'argent ; et nous, que ferons-nous ? Nous resterons là à écouter et à regarder, comme l'autre jour dans la cabane de Françoise et de Lucie. Quel bien avons-nous fait là-bas ? Aucun ; c'est Mme de Rosbourg qui a parlé et qui a tout donné.

MARGUERITE

Sophie, je crois que nous sommes trop petites pour nous en aller toutes seules dans la forêt.

SOPHIE

Trop petites ! Tu as six ans, moi j'en ai huit, et tu trouves que nous ne pouvons pas sortir sans nos mamans ou sans une bonne ? Ha ! ha ! ha ! J'allais seule bien plus loin que cela, quand j'avais cinq ans. »

Marguerite hésitait encore.

SOPHIE

Je vois bien que tu as tout bonnement peur ; tu n'oses pas faire cent pas sans ta maman. Tu crains peut-être que le loup ne te croque ?

MARGUERITE, *piquée.*

Du tout, mademoiselle, je ne suis pas aussi sotte que tu le crois ; je sais bien qu'il n'y a pas de loups, je n'ai pas peur, et, pour te le prouver, nous allons partir tout de suite.

SOPHIE

À la bonne heure ! Partons vite ; nous serons de retour en moins d'une heure. »

Et elles se mirent en route, ne prévoyant pas les dangers et les terreurs auxquels elles s'exposaient. Elles marchaient vite et en silence ; Marguerite ne se sentait pas la conscience bien à l'aise : elle comprenait qu'elle commettait une faute, et elle regrettait de n'avoir pas résisté à Sophie. Sophie n'était guère plus tranquille : les objections de Marguerite lui revenaient à la mémoire ; elle craignait de l'avoir entraînée à mal faire. « Nous serons grondées », se dit-elle. Elle n'en continua pas moins à marcher et s'étonnait de ne pas être arrivée, depuis près d'une heure qu'elles étaient parties.

« Connais-tu bien le chemin ? demanda Marguerite avec un peu d'inquiétude.

— Certainement, la jardinière me l'a bien expliqué, répondit Sophie d'une voix assurée, malgré la peur qui commençait à la gagner.

— Serons-nous bientôt arrivées ?

— Dans dix minutes au plus tard. »

Elles continuèrent à marcher en silence ; la forêt n'avait pas de fin ; on n'apercevait ni maison ni village, mais le bois, toujours le bois.

« Je suis fatiguée, dit Marguerite.

— Et moi aussi, dit Sophie.

— Il y a bien longtemps que nous sommes parties. »

Sophie ne répondit pas : elle était trop agitée, trop inquiète pour dissimuler plus longtemps sa terreur.

« Si nous retournions à la maison ? dit Marguerite.

— Oh ! oui, retournons.

— Qu'est-ce que tu as, Sophie, on dirait que tu as envie de pleurer ?

— Nous sommes perdues, dit Sophie en éclatant en sanglots ; je ne sais plus mon chemin, nous sommes perdues.

— Perdues ! répéta Marguerite avec terreur ; perdues ! Qu'allons-nous devenir, mon Dieu ?

— Je me suis probablement trompée de chemin, s'écria Sophie en sanglotant, à l'endroit où il y en a plusieurs qui se croisent ; je ne sais pas du tout où nous sommes. »

Marguerite, la voyant si désolée, chercha à la rassurer en se rassurant elle-même.

« Console-toi, Sophie, nous finirons bien par nous retrouver. Retournons sur nos pas et marchons vite ; il y a longtemps que nous sommes parties ; maman et Mme de Fleurville seront inquiètes ; je suis sûre que Camille et Madeleine nous cherchent partout. »

Sophie essuya ses larmes et suivit le conseil de Marguerite : elles retournèrent sur leurs pas et marchèrent longtemps ; enfin, elles arrivèrent à l'endroit où se croisaient plusieurs chemins exactement semblables. Là, elles s'arrêtèrent.

« Quel chemin faut-il prendre ? demanda Marguerite.

— Je ne sais pas ; ils se ressemblent tous.

— Tâche de te rappeler celui par lequel nous sommes venues. »

Sophie regardait, recueillait ses souvenirs et ne se rappelait pas.

« Je crois, dit-elle, que c'est celui où il y a de la mousse.

— Il y en a deux avec de la mousse ; mais il me semble qu'il n'y avait pas de mousse dans le chemin que nous avons pris pour venir.

— Oh ! si, il y en avait beaucoup.

— Je crois me rappeler que nous avons eu de la poussière tout le temps.

— Pas du tout ; c'est que tu n'as pas regardé à tes pieds. Prenons ce chemin à gauche, nous serons arrivées en moins d'une demi-heure. »

Marguerite suivit Sophie ; toutes deux continuèrent à marcher en silence ; inquiètes toutes deux, elles gardaient pour elles leurs pénibles réflexions. Au bout d'une heure, pourtant, Marguerite s'arrêta.

MARGUERITE

Je ne vois pas encore le bout de la forêt ; je suis bien fatiguée.

SOPHIE

Et moi donc ! mes pieds me font horriblement souffrir.

MARGUERITE

Asseyons-nous un instant ; je ne peux plus marcher. »

Elles s'assirent au bord du chemin ; Marguerite

appuya sa tête sur ses genoux et pleura tout bas ; elle espérait que Sophie ne s'en apercevrait pas ; elle avait peur de l'affliger, car c'était Sophie qui l'avait mise et s'était mise elle-même dans cette pénible position. Sophie se désolait intérieurement et sentait combien elle avait mal agi en entraînant Marguerite à faire cette course si longue, dans une forêt qu'elles ne connaissaient pas.

Elles restèrent assez longtemps sans parler ; enfin, Marguerite essuya ses yeux et proposa à Sophie de se remettre en marche. Sophie se leva avec difficulté ; elles avançaient lentement ; la fatigue augmentait à chaque instant, ainsi que l'inquiétude. Le jour commençait à baisser ; la peur se joignit à l'inquiétude ; la faim et la soif se faisaient sentir,

« Chère Marguerite, dit enfin Sophie, pardonne-moi : c'est moi qui t'ai persuadée de m'accompagner ; tu es trop généreuse de ne pas me le reprocher.

— Pauvre Sophie, répondit Marguerite, pourquoi te ferais-je des reproches ? Je vois bien que tu souffres plus que moi. Qu'allons-nous devenir, si nous sommes obligées de passer la nuit dans cette terrible forêt ?

— C'est impossible, chère Marguerite ; on doit déjà être inquiet à la maison, et l'on nous enverra chercher.

— Si nous pouvions au moins trouver de l'eau ! J'ai si soif que la gorge me brûle.

— N'entends-tu pas le bruit d'un ruisseau dans le bois ?

— Je crois que tu as raison ; allons voir. »

Elles entrèrent dans le fourré en se frayant un passage à travers les épines et les ronces qui leur déchiraient les jambes et les bras. Après avoir fait ainsi une centaine de pas, elles entendirent distinctement le murmure de l'eau. L'espoir leur redonna du courage ; elles arrivèrent au bord d'un ruisseau très étroit, mais assez profond ; cependant, comme il coulait à pleins bords, il leur fut facile de boire en se mettant à genoux. Elles étanchèrent leur soif, se lavèrent le visage et les bras, s'essuyèrent avec leurs tabliers et s'assirent au bord du ruisseau. Le soleil était couché ; la nuit arrivait ; la terreur des pauvres petites augmentait avec l'obscurité ; elles ne se contraignaient plus et pleuraient franchement de compagnie. Aucun bruit ne se faisait entendre ; personne ne les appelait ; on ne pensait probablement pas à les chercher si loin.

« Il faut tâcher, dit Sophie, de revenir sur le chemin que nous avons quitté ; peut-être verrons-nous passer quelqu'un qui pourra nous ramener ; et puis il fera moins humide qu'au bord de l'eau.

— Nous allons encore nous déchirer dans les épines, dit Marguerite.

— Il faut pourtant essayer de nous retrouver ; nous ne pouvons pas rester ici. »

Marguerite se leva en soupirant et suivit Sophie, qui chercha à lui rendre le passage moins pénible en marchant la première. Après bien du temps et des efforts, elles se retrouvèrent enfin sur le chemin. La nuit était venue tout à fait ; elles ne voyaient plus où elles allaient et elles se résolurent à attendre jusqu'au lendemain.

Il y avait une heure environ qu'elles étaient assises près d'un arbre, lorsqu'elles entendirent un frou-frou dans le bois ; ce bruit semblait être produit par un animal qui marchait avec précaution. Immobiles de terreur, les pauvres petites avaient peine à respirer ; le

frou-frou approchait, approchait ; tout à coup, Marguerite sentit un souffle chaud près de son cou ; elle poussa un cri, auquel Sophie répondit par un cri plus fort ; elles entendirent alors un bruit de branches cassées et elles virent un gros animal qui s'enfuyait dans le bois. Moitié mortes de peur, elles se resserrèrent l'une contre l'autre, n'osant ni parler, ni faire un mouvement, et elles restèrent ainsi jusqu'à ce qu'un nouveau bruit, plus effrayant, vînt leur rendre le courage de se lever et de chercher leur salut dans la fuite : c'étaient des branches cassées violemment et un grognement entremêlé d'un souffle bruyant, auquel répondaient des grognements plus faibles. Tous ces bruits partaient également du bois en se rapprochant du chemin. Sophie et Marguerite, épouvantées, se mirent à courir ; elles se heurtèrent contre un arbre dont les branches traînaient presque à terre ; dans leur frayeur, elles s'élancèrent dessus et, grimpant de branche en branche, elles se trouvèrent bientôt à une grande hauteur et à l'abri de toute attaque. Combien elles remercièrent le bon Dieu de leur avoir fait rencontrer cet arbre protecteur ! et en effet elles venaient d'échapper à un grand danger : l'animal qui arrivait droit sur elles était un sanglier suivi de sept à huit petits. Si elles étaient restées sur son passage, il les aurait déchirées avec ses défenses. La peur qu'avaient eue et qu'avaient encore Sophie et Marguerite faisait claquer leurs dents et les avait rendues si tremblantes qu'elles pouvaient à peine se tenir sur l'arbre où elles étaient montées. Le sanglier s'était éloigné, et tout redevenait tranquille, lorsque le bruit du roulement d'une voiture vint ranimer les forces défaillantes des pauvres petites. Leur espérance augmentait à mesure

que la voiture se rapprochait ; enfin le pas d'un cheval résonna distinctement ; bientôt, elles cntendirent siffler l'homme qui menait la charrette. Il approchait, elles allaient être sauvées.

« Au secours ! au secours ! » crièrent-elles plusieurs fois.

La voiture s'arrêta. L'homme sembla écouter.

« Au secours ! sauvez-nous ! » s'écrièrent-elles encore.

L'HOMME, *entre ses dents.*

Qui diantre appelle au secours ? Je ne vois personne, il fait noir comme dans l'enfer... Holà ! qui est-ce qui appelle ?

SOPHIE ET MARGUERITE

C'est nous, c'est nous ; sauvez-nous, mon cher monsieur, nous sommes perdues dans la forêt.

L'HOMME

Tiens ! c'est des voix d'enfants, cela. Où êtes-vous donc, les mioches ? Qui êtes-vous ?

SOPHIE

Je suis Sophie.

MARGUERITE

Je suis Marguerite ; nous venons de Fleurville.

L'HOMME

De Fleurville ? C'est donc au château ? Mais où diantre êtes-vous ? Pour vous sauver, faut-il pas que je vous trouve ?

SOPHIE

Nous sommes sur l'arbre ; nous ne pouvons pas descendre.

L'HOMME, *levant la tête*

C'est, ma foi, vrai. Faut-il qu'elles aient eu peur, les pauvres petites ! Attendez, ne bougez pas, je vais vous descendre. »

Et le brave homme grimpa de branche en branche, tâtant à chacune d'elles si les enfants y étaient.

Enfin, il empoigna Marguerite.

L'HOMME

Ne bougez pas, les autres ; je vais descendre celle-ci et je regrimperai. Combien êtes-vous dans ce beau nid ?

MARGUERITE

Nous sommes deux.

L'HOMME

Bon ; ce ne sera pas long. Attendez-moi là, numéro 2, que je place le numéro 1 dans ma carriole. »

Le brave homme descendit lestement, tenant Marguerite dans ses bras ; il la déposa dans la carriole et remonta sur l'arbre où Sophie attendait avec anxiété :

il la saisit dans ses bras et la plaça dans sa carriole près de Marguerite. Il y remonta lui-même et fouetta son cheval, qui repartit au trot ; puis, se tournant vers les enfants :

L'HOMME

Ah ! ça, mes mignonnes, où faut-il vous mener ? où demeurez-vous, et comment, par tous les saints ! vous trouvez-vous ici toutes seules ?

SOPHIE

Nous demeurons au château de Fleurville, nous nous sommes perdues dans la forêt en voulant aller secourir la pauvre mère Toutain.

L'HOMME

Vous êtes donc du château ?

MARGUERITE

Oui, je suis Marguerite de Rosbourg ; et voilà mon amie, Sophie Fichini.

L'HOMME

Comment, ma petite demoiselle, vous êtes la fille de cette bonne dame de Rosbourg ; et votre maman vous laisse aller si loin toute seule ?

MARGUERITE, *honteuse*

Nous sommes parties sans rien dire.

L'HOMME

Ah ! ah ! on fait l'école buissonnière ! Et voilà ! Quand on est petit, faut pas faire comme les grands.

SOPHIE

Sommes-nous loin de Fleurville ?

L'HOMME

Ah ! je crois bien ! Deux bonnes lieues pour le moins ; nous ne serons pas arrivés avant une heure. Je vais tout de même pousser mon cheval ; on doit être tourmenté de vous au château. »

Et le brave homme fouetta son cheval et se remit à siffler, laissant les enfants à leurs réflexions. Trois quarts d'heure après, il s'arrêta devant le perron du château ; la porte s'ouvrit ; Élisa, pâle, effarée, demanda si l'on avait des nouvelles des enfants.

« Les voici, dit l'homme, je vous les ramène ; elles n'étaient pas à la noce, allez, quand je les ai dénichées dans la forêt. »

L'homme descendit Sophie et Marguerite, qu'Élisa reçut dans ses bras.

ÉLISA

Vite, vite, venez au salon ; on vous a cherchées partout ; on a envoyé des hommes à cheval dans toutes les directions ; ces dames se désolent ; Camille et Madeleine se désespèrent. Attendez une minute, mon brave homme, que madame vous remercie.

L'HOMME

Bah ! il n'y a pas de quoi ; faut que je m'en retourne chez nous ; j'ai encore deux lieues à faire.

ÉLISA

Où demeurez-vous ? Comment vous appelez-vous ?

L'HOMME

Je demeure à Aube ; je m'appelle Hurel le boucher.

ÉLISA

Nous irons vous remercier, mon brave Hurel ; au revoir, puisque vous ne pouvez pas attendre. »

Pendant cette conversation, Marguerite et Sophie avaient couru au salon. En entrant, Marguerite se jeta dans les bras de Mme de Rosbourg ; Sophie s'était jetéc à ses pieds ; toutes deux sanglotaient.

La surprise et la joie faillirent être fatales à Mme de Rosbourg ; elle pâlit, retomba sur son fauteuil et ne trouva pas la force de prononcer une parole.

« Maman, chère maman, s'écria Marguerite, parlez-moi, embrassez-moi, dites que vous me pardonnez.

— Malheureuse enfant, répondit Mme de Rosbourg d'une voix émue, en la saisissant dans ses bras et en la couvrant de baisers, comment as-tu pu me causer une si terrible inquiétude ? Je te croyais perdue, morte ; nous t'avons cherchée jusqu'à la nuit ; maintenant encore on vous cherche avec des flambeaux dans toutes les directions. Où as-tu été ? Pourquoi reviens-tu si tard ?

— Chère madame, dit Sophie, qui était restée à genoux aux pieds de Mme de Rosbourg, c'est à moi à demander grâce, car c'est moi qui ai entraîné Marguerite à m'accompagner. Je voulais aller chez une pauvre femme qui demeure de l'autre côté de la forêt, et je voulais y aller seule avec Marguerite, pour ne partager avec personne la gloire de cet acte de charité. Marguerite a résisté ; je l'ai entraînée ; elle m'a suivie avec répugnance, et nous avons été bien punies, moi surtout, qui avais sur la conscience la faute de Marguerite ajoutée à la mienne. Nous avons bien souffert ; et jamais, à l'avenir, nous ne ferons rien sans vous consulter.

— Relève-toi, Sophie, répliqua Mme de Rosbourg avec douceur, je pardonne à ton repentir ; mais désormais, je m'arrangerai de manière à n'avoir plus à souffrir ce que j'ai souffert aujourd'hui... Et toi, Marguerite, je te croyais plus raisonnable et plus obéissante, sans quoi je t'aurais toujours fait accompagner par la bonne quand Madeleine et Camille ne pouvaient sortir avec toi ; c'est ce que je ferai à l'avenir. »

Camille et Madeleine, qu'on avait envoyées se coucher depuis une heure (car il était près de minuit), mais qui n'avaient pu s'endormir, tant elles étaient inquiètes, accoururent toutes déshabillées, poussant des cris de joie ; elles embrassèrent vingt fois leurs amies perdues et retrouvées.

CAMILLE

Où avez-vous été ? que vous est-il arrivé ?

MARGUERITE

Nous nous sommes perdues dans la forêt.

MADELEINE

Pourquoi avez-vous été dans la forêt ? Comment avez-vous eu le courage d'y aller seules ?

SOPHIE

Nous espérions arriver jusque chez une pauvre petite mère Toutain pour lui donner de l'argent.

CAMILLE

Mais pourquoi ne nous avez-vous pas prévenues ? Nous y aurions été toutes ensemble. »

Sophie et Marguerite baissèrent la tête et ne répondirent pas. Avant qu'on eût eu le temps de demander et de donner d'autres explications, Élisa entra, apportant deux grandes tasses de bouillon avec une bonne croûte de pain grillée. Elle les posa devant Sophie et Marguerite.

ÉLISA

Mangez, mes pauvres enfants ; vous n'avez peut-être pas dîné !

MARGUERITE

Non, nous avons bu seulement à un ruisseau que nous avons trouvé dans la forêt.

ÉLISA

Pauvres petites ! vite, mangez ce que je vous apporte ; vous boirez ensuite un petit verre de malaga ; et puis, ajouta-t-elle en se tournant vers Mme de Rosbourg et Mme de Fleurville, il faudrait les faire coucher ; elles doivent être épuisées de fatigue.

MADAME DE FLEURVILLE

Élisa a raison. Les voici retrouvées ; à demain les détails ; ce soir, contentons-nous de remercier Dieu de nous avoir rendu ces pauvres enfants, qui auraient pu ne jamais revenir. »

Sophie et Marguerite avaient avalé avec voracité tout ce qu'Élisa leur avait apporté ; après avoir embrassé tendrement tout le monde, elles allèrent se coucher. Aussitôt qu'elles eurent la tête sur l'oreiller, elles tombèrent dans un sommeil si profond qu'elles ne s'éveillèrent que le lendemain, à deux heures de l'après-midi !

Chapitre 23

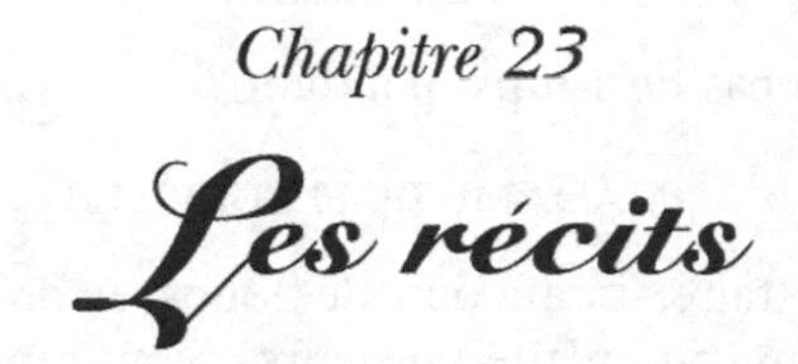

Les récits

Camille et Madeleine attendaient avec impatience chez Mme de Fleurville le réveil de leurs amies. Mme de Rosbourg ne quittait pas la chambre de Marguerite : elle voulait avoir sa première parole et son premier sourire.

« Maman, dit Camille, vous disiez hier que Marguerite et Sophie auraient pu ne jamais revenir ; elles auraient toujours fini par retrouver leur chemin ou par rencontrer quelqu'un, du moment qu'elles n'étaient pas perdues.

MADAME DE FLEURVILLE

Tu oublies, chère petite, qu'elles étaient dans une forêt de plusieurs lieues de longueur, qu'elles n'avaient rien à manger, et qu'elles devaient passer la nuit dans cette forêt, remplie de bêtes fauves.

MADELEINE

Il n'y a pas de loups, pourtant ?

MADAME DE FLEURVILLE

Au contraire, beaucoup de loups et de sangliers. Tous les ans, on en tue plusieurs. As-tu remarqué que leurs robes, leurs bas étaient déchirés et salis ? Je parie qu'elles vont nous raconter des aventures plus graves que tu ne le supposes.

CAMILLE

Que je voudrais qu'elles fussent éveillées !

MADAME DE FLEURVILLE

Précisément les voici. »

Mme de Rosbourg entra, tenant Marguerite par la main.

MADAME DE FLEURVILLE

Et Sophie ? est-ce qu'elle dort encore ?

MADAME DE ROSBOURG

Elle s'éveille à l'instant et se dépêche de s'habiller et de manger pour venir nous joindre.

CAMILLE, *embrassant Marguerite.*

Chère petite Marguerite, raconte-nous ce qui t'est arrivé, et si vous avez eu des dangers à courir. »

Marguerite fit le récit de toutes leurs aventures : elle raconta sa répugnance à partir, sa peur quand elle se vit perdue, sa désolation de l'inquiétude qu'elle avait dû causer au château, sa frayeur quand le jour commença à tomber, la faim, la soif, la fatiguc qui l'accablaient, son bonheur en trouvant de l'eau, sa terreur en entendant remuer les feuilles sèches, en sentant un souffle chaud sur son cou et en voyant passer un gros animal brun ; son épouvante en entendant les branches craquer et de légers grognements répondre de plusieurs côtés à un fort grognement et à un souffle qui semblait être celui d'une bête en colère, l'agilité avec laquelle elle avait couru et grimpé de branche en branche jusqu'au haut d'un arbre ; la fatigue et la peine avec lesquelles elle s'y était maintenue ; le bonheur qu'elle avait éprouvé en entendant une voiture approcher, une voix leur répondre, et en se sentant enlevée et déposée dans la carriole. Elle dit combien Sophie avait témoigné de repentir de s'être engagée et de l'avoir entraînée dans cette folle entreprise.

Camille et Madcleine avaient écouté ce récit avec un vif intérêt mêlé de terreur.

CAMILLE

Quelles sont les bêtes qui vous ont fait si peur ? As-tu pu les voir ?

MARGUERITE

Je ne sais pas du tout : j'étais si effrayée que je ne distinguais rien.

MADAME DE FLEURVILLE

D'après ce que dit Marguerite, le premier animal doit être un loup, et le second un sanglier avec ses petits.

MARGUERITE

Quel bonheur que le loup ne nous ait pas mangées ! j'ai senti son haleine sur ma nuque.

MADAME DE FLEURVILLE

Ce sont probablement les deux cris que vous avez poussés qui lui ont fait peur et qui vous ont sauvées ; quand les loups ne sont pas affamés, ils sont poltrons, et dans cette saison ils trouvent du gibier dans les bois.

MARGUERITE

Le sanglier ne nous aurait pas dévorées, il ne mange pas de chair.

MADAME DE FLEURVILLE

Non, mais d'un coup de défense il t'aurait déchiré le corps. Quand les sangliers ont des petits, ils deviennent très méchants. »

Sophie, qui entra, interrompit la conversation ; elle fut aussi embrassée, entourée, questionnée ; elle parla avec chaleur de ses remords, de son chagrin d'avoir entraîné la pauvre Marguerite ; elle assura que cette journée ne s'effacerait jamais de son souvenir, et dit que, lorsqu'elle serait grande, elle ferait faire par un bon peintre un tableau de cette aventure. Après avoir complété le récit de Marguerite par quelques épisodes oubliés :

« Et vous, chère madame, et vous, mes pauvres amies, dit-elle, avez-vous été longtemps à vous apercevoir de notre disparition ? et qu'a-t-on fait pour nous retrouver ?

— Il y avait plus d'une heure que vous aviez quitté la chambre d'étude, dit Mme de Rosbourg, lorsque Camille vint me demander d'un air inquiet si Marguerite et Sophie étaient chez moi. « Non, répondis-je, je ne les ai pas vues ; mais ne sont-elles pas dans le jardin ? — Nous les cherchons depuis une demi-heure avec Élisa sans pouvoir les trouver », me dit Camille. L'inquiétude me gagna ; je me levai, je cherchai dans toute la maison, puis dans le potager, dans le jardin. Mme de Fleurville, qui partageait notre inquiétude, nous donna l'idée que vous étiez peut-être allées chez Françoise ; j'accueillis cet espoir avec empressement, et nous courûmes toutes à la maison blanche : personne ne vous y avait vues ; nous allâmes de porte en porte, demandant à tout le monde si l'on ne vous avait pas rencontrées. Le souvenir de la chute dans la mare, il y a trois ans, me frappa douloureusement ; nous retournâmes en courant à la maison, et, malgré le peu de probabilités que vous fussiez toutes deux tombées à l'eau, on fouilla en tous sens avec des râteaux et des perches. Aucun de nous n'eut la pensée que vous aviez été dans la forêt. Rien ne vous y attirait : pourquoi vous seriez-vous exposées à un danger inutile ? Ne sachant plus où vous trouver, j'allai de maison en maison demander qu'on m'aidât dans mes recherches. Une foule de personnes partirent dans toutes les directions ; nous envoyâmes les domestiques, à cheval, de différents côtés, pour vous rattraper, si vous aviez eu l'idée bizarre de faire un voyage lointain. Jusqu'au moment de votre retour, je fus dans un état violent de chagrin et d'affreuse inquiétude. Le bon Dieu a permis que vous fussiez sauvées et ramenées par cet excellent homme qui est boucher à Aube

et qui s'appelle Hurel. Aujourd'hui, il est trop tard ; mais demain nous irons lui faire une visite de remerciements et nous nous y rendrons en voiture, pour ne pas nous perdre de compagnie.

MARGUERITE

Où demeure-t-il ? est-ce bien loin ?

MADAME DE ROSBOURG

À deux bonnes lieues d'ici ; il y a un bois à traverser.

SOPHIE

Est-ce que nous vous accompagnerons, madame ?

MADAME DE ROSBOURG

Certainement, Sophie ; c'est toi et Marguerite qu'il a secourues, et probablement sauvées de la mort. Il est indispensable que vous veniez.

SOPHIE

Ça m'ennuie de le revoir ; il va se moquer de nous : il avait l'air de trouver ridicule notre course dans la forêt.

MADAME DE FLEURVILLE

Et il avait raison, chère enfant ; vous avez fait véritablement une escapade ridicule. S'il se moque de vous, acceptez ses plaisanteries avec douceur et en expiation de la faute que vous avez commise.

MARGUERITE

Moi, je crois qu'il ne se moquera pas : il avait l'air si bon.

MADAME DE FLEURVILLE

Nous verrons cela demain. En attendant, commençons nos leçons ; nous irons ensuite faire une promenade. »

Chapitre 24

Visite chez Hurel

« La calèche découverte et le phaéton pour deux heures », dit Élisa au cocher de Mme de Fleurville.

LE COCHER

Tout le monde sort donc à la fois, aujourd'hui ?

ÉLISA

Oui ; madame vous fait demander si vous savez le chemin pour aller au village d'Aube ?

LE COCHER

Aube ? Attendez donc... N'est-ce pas de l'autre côté de Laigle, sur la route de Saint-Hilaire ?

Je crois que oui ; mais informez-vous-en avant de vous mettre en route ; ces demoiselles se sont perdues l'autre jour à pied, il ne faudrait pas qu'elles se perdissent aujourd'hui en voiture. »

Le cocher prit ses renseignements près du garde Nicaise, et, quand on fut prêt à partir, les deux cochers n'hésitèrent pas sur la route qu'il fallait prendre.

Le pays était charmant, la vallée de Laigle est connue par son aspect animé, vert et riant ; le village d'Aube est sur la grande route ; la maison d'Hurel était presque à l'entrée du village. Ces dames se la firent indiquer ; elles descendirent de voiture et se dirigèrent vers la maison du boucher. Tout le village était aux portes ; on regardait avec surprise ces deux élégantes voitures et l'on se demandait quelles pouvaient être ces belles dames et ces jolies demoiselles qui entraient chez Hurel. Le brave homme ne fut pas moins surpris ; sa femme et sa fille restaient la bouche ouverte, ne pouvant croire qu'une si belle visite fût pour eux.

Hurel ne reconnaissait pas les enfants, qu'il avait à peine entrevues dans l'obscurité ; il ne pensait plus à son aventure de la forêt :

« Ces dames veulent-elles faire une commande de viande ? demanda Hurel. J'en ai de bien fraîche, du mouton superbe, du bœuf, du...

— Merci, mon brave Hurel, interrompit en souriant Mme de Rosbourg ; ce n'est pas pour cela que nous venons, c'est pour acquitter une dette.

HUREL

Une dette ? Madame ne me doit rien ; je ne me souviens pas d'avoir livré à madame ni mouton, ni bœuf, ni...

MADAME DE ROSBOURG

Non pas de mouton ni de bœuf, mais deux petites filles que voici et que vous avez trouvées dans la forêt.

HUREL, *riant.*

Bah ! ce sont là ces petites demoiselles que j'ai cueillies sur un arbre ? Pauvres petites ! elles étaient dans un état à faire pitié. Eh ! mes mignonnes ! vous n'avez plus envie d'arpenter la forêt, pas vrai ?

MARGUERITE

Non, non. Sans vous, mon cher monsieur Hurel, nous serions certainement mortes de fatigue, de terreur et de faim ; aussi maman, Mme de Fleurville et nous, nous venons toutes vous remercier. »

Marguerite, en achevant ces mots, s'approcha de Hurel et se dressa sur la pointe des pieds pour l'embrasser. Le brave homme l'enleva de terre, lui donna un gros baiser sur chaque joue, et dit :

« C'eût été bien dommage de laisser périr une gentille et bonne demoiselle comme vous. Et comme ça vous aviez donc bien peur ?

MARGUERITE

Oh ! oui, bien peur, bien peur. On entendait marcher, craquer, souffler.

HUREL, *riant.*

Ah bah ! Tout cela est terrible pour de belles petites demoiselles comme vous ; mais pour des gens comme nous on n'y fait pas seulement attention. Mais... asseyez-vous donc, mesdames ; Victorine, donne des chaises, apporte du cidre, du bon ! »

Victorine était une jolie fille de dix-huit ans, fraîche, aux yeux noirs. Elle avança des chaises ; tout le monde s'assit ; on causa, on but du cidre à la santé d'Hurel et de sa famille. Au bout d'une demi-heure, Mme de Rosbourg demanda l'heure. Hurel regarda à son coucou.

« Il n'est pas loin de quatre heures ! dit-il ; mais le coucou est dérangé, il ne marque pas l'heure juste. »

Mme de Rosbourg tira de sa poche une boîte, qu'elle donna à Hurel.

« Je vois, mon bon Hurel, dit-elle, que vous n'avez de montre ni sur vous ni dans la maison ; en voilà une que vous voudrez bien accepter en souvenir des petites filles de la forêt.

— Merci bien, madame, répondit Hurel : vous êtes en vérité trop bonne ; ça ne méritait pas... »

Il venait d'ouvrir la boîte et il s'arrêta muet de surprise et de bonheur à la vue d'une belle montre en or avec une longue et lourde chaîne également en or.

HUREL, *avec émotion.*

Ma bonne chère dame, c'est trop beau ; vrai, je n'oserai jamais porter une si belle chaîne et une si belle montre.

Portez-les pour l'amour de nous ; et songez que c'est encore moi qui vous serai redevable ; car vous m'avez rendu un trésor en mc ramenant mon enfant, et ce n'est qu'un bijou que je vous donne. »

Se tournant ensuite vers Mme Hurel et sa fille :

« Vous voudrez bien aussi accepter un petit souvenir. »

Et elle leur donna à chacune une boîte qu'elles s'empressèrent d'ouvrir ; à la vue de belles boucles d'oreilles et d'une broche en or et en émail, elles devinrent rouges de plaisir. Toute la famille fit à Mme de Rosbourg les plus vifs remerciements. Ces dames et les enfants remontèrent en voiture, entourées d'une foule de personnes qui enviaient le bonheur des Hurel et qui bénissaient l'aimable bonté de Mme de Rosbourg.

Chapitre 25

Un événement tragique

Quelque temps se passa depuis cette visite à Hurel ; il était venu de temps en temps au château, quand ses occupations le lui permettaient. Un jour qu'on l'attendait dans l'après-midi, Élisa proposa aux enfants d'aller chercher des noisettes le long des haies pour en envoyer un panier à Victorine Hurel ; elles acceptèrent avec empressement et, emportant chacune un panier, elles coururent du côté d'une haie de noisetiers. Pendant qu'Élisa travaillait, elles remplirent leurs paniers, puis elles se réunirent pour voir laquelle en avait le plus.

« C'est moi... — C'est moi... — Non, c'est moi... Je crois que c'est moi », disaient-elles toutes quatre.

MARGUERITE

Regardez donc si ce n'est pas mon panier qui est le plus plein ! Voyez quelle différence avec les autres !

CAMILLE ET MADELEINE

C'est vrai !

SOPHIE

Bah ! j'en ai tout autant, moi !

MARGUERITE

Pas du tout ; j'en ai un tiers de plus !

SOPHIE, *avec humeur.*

Laisse donc ! quelle sottise ! Tu veux toujours avoir fait mieux que tout le monde !

MARGUERITE

Ce n'est pas pour faire mieux que les autres ; c'est parce que c'est la vérité. Et toi, tu te fâches parce que tu es jalouse.

SOPHIE

Ah ! ah ! ah ! Jalouse de tes méchantes noisettes.

MARGUERITE

Oui, oui, jalouse ; et tu voudrais bien que je te donnasse mes méchantes noisettes.

SOPHIE

Tiens, voilà le cas que je fais de ta belle récolte. »

Et disant ces mots, et avant qu'Élisa et les petites eussent eu le temps de l'en empêcher, elle donna un coup de poing sous le panier de Marguerite, et toutes les noisettes tombèrent par terre.

MARGUERITE, *poussant un cri.*

Mes noisettes, mes pauvres noisettes ! »

Camille et Madeleine jetèrent à Sophie un regard de reproche et s'empressèrent d'aider Marguerite à ramasser ses noisettes.

CAMILLE

Tiens, ma petite Marguerite ; pour te consoler, prends les miennes.

MADELEINE

Et les miennes aussi ; les trois paniers seront pour toi. »

Marguerite, qui avait les yeux un peu humides, les essuya et embrassa tendrement ses bonnes petites amies. Sophie était honteuse et cherchait un moyen de réparer sa faute.

« Prends aussi les miennes, dit-elle en présentant son panier et sans oser lever les yeux sur Marguerite.

— Merci, mademoiselle ; j'en ai assez sans les vôtres.

— Marguerite, dit Madeleine, tu n'es pas gentille ! Sophie, en t'offrant ses noisettes, reconnaît qu'elle a eu tort ; il ne faut pas que tu continues à être fâchée. »

Marguerite regarda Sophie un peu en dessous, ne sachant trop ce qu'elle devait faire : l'air malheureux de Sophie l'attendrissait un peu, mais elle n'avait pas encore surmonté sa rancune.

Camille et Madeleine les regardaient alternativement.

CAMILLE

Voyons, Sophie, voyons, Marguerite, embrassez-vous. Tu vois bien, toi, Sophie, que Marguerite n'est plus fâchée ; et toi, Marguerite, tu vois que Sophie est triste d'avoir eu de l'humeur.

SOPHIE

Chère Camille, je vois que je resterai toujours méchante ; jamais je ne serai bonne comme vous. Vois comme je m'emporte facilement, comme j'ai été brutale envers la pauvre Marguerite !

MARGUERITE

N'y pense plus, ma pauvre Sophie ; embrasse-moi, et soyons bonnes amies, comme nous le sommes toujours. »

Quand Marguerite et Sophie se furent embrassées et réconciliées, ce qu'elles firent de très bon cœur, Camille dit à Sophie :

« Ma petite Sophie, ne te décourage pas ; on ne se corrige pas si vite de ses défauts. Tu es devenue bien meilleure que tu ne l'étais en arrivant chez nous, et chaque mois il y a une différence avec le mois précédent.

SOPHIE

Je te remercie, chère Camille, de me donner du courage, mais, dans toutes les occasions où je me compare à toi et à Madeleine, je vous trouve tellement meilleures que moi...

MADELEINE, *l'embrassant.*

Tais-toi, tais-toi, ma pauvre Sophie ; tu es trop modeste, n'est-ce pas, Marguerite ?

MARGUERITE

Non, je trouve que Sophie a raison ; elle et moi, nous sommes bien loin de vous valoir.

CAMILLE

Ah ! ah ! ah ! quelle modestie ! Bravo, ma petite Marguerite ; tu es plus humble que moi, donc tu vaux mieux que moi.

MARGUERITE, *très sérieusement.*

Camille, aurais-tu fait la sottise que nous avons commise l'autre jour en allant dans la forêt ?

CAMILLE, *embarrassée.*

Mais... je ne sais... peut-être... aurais-je...

MARGUERITE, *avec vivacité.*

Non, non, tu ne l'aurais pas faite. Et te serais-tu querellée avec Sophie comme je l'ai fait le jour de la fameuse scène des cerises ?

CAMILLE, *embarrassée.*

Mais... il y a un an de cela... à présent... tu...

MARGUERITE, *avec vivacité.*

Il y a un an, il y a un an ! C'est égal, tu ne l'aurais pas fait. Et tout à l'heure aurais-tu renversé mon

panier comme a fait Sophie ? aurais-tu boudé comme je l'ai fait ?... Tu ne réponds pas ! tu vois bien que tu es obligée de convenir que toi et Madeleine, vous êtes meilleures que nous.

CAMILLE, *l'embrassant.*

Nous sommes plus âgées que vous, et par conséquent plus raisonnables ; voilà tout. Pense donc que je me prépare à faire ma première communion l'année prochaine.

SOPHIE

Et moi, mon Dieu, quand serai-je digne de la faire ?

CAMILLE

Quand tu auras mon âge, chère Sophie ; ne te décourage pas ; chaque journée te rend meilleure.

SOPHIE

Parce que je la passe près de vous.

MARGUERITE

J'entends une voiture : c'est maman et Mme de Fleurville qui rentrent de leur promenade ; allons leur demander si elles n'ont pas rencontré Hurel. Élisa, Élisa, Élisa, nous rentrons. »

Élisa se leva et suivit les enfants, qui coururent à la maison ; elles arrivèrent au moment où les mamans descendaient de voiture.

MARGUERITE

Eh bien, maman, avez-vous rencontré Hurel ? Va-t-il venir bientôt ? Nous avons cueilli un grand panier de noisettes que nous lui donnerons pour Victorine.

MADAME DE ROSBOURG

Nous ne l'avons pas rencontré, chère petite, mais il ne peut tarder : il vient en général de bonne heure. »

Les mamans rentrèrent pour ôter leurs chapeaux ; les petites attendaient toujours. Sophie et Marguerite s'impatientaient ; Camille et Madeleine travaillaient.

« C'est trop fort, dit Sophie en tapant du pied ; voilà deux heures que nous attendons, et il ne vient pas. Il ne se gêne pas, vraiment ! Nous devrions ne pas lui donner de noisettes.

MARGUERITE

Oh ! Sophie. Pauvre Hurel ! il est très ennuyeux de nous faire attendre si longtemps, c'est vrai : mais ce n'est peut-être pas sa faute.

SOPHIE

Pas sa faute. Pas sa faute ! Pourquoi fait-il dire qu'il viendra à midi, qu'il nous apportera des écrevisses ? et voilà qu'il est deux heures ! Un homme comme lui ne devrait pas se permettre de faire attendre des demoiselles comme nous.

MARGUERITE, *vivement.*

Des demoiselles comme nous ont été bien heureuses de rencontrer dans la forêt *un homme comme lui,* mademoiselle ; c'est très ingrat ce que tu dis là.

MADELEINE

Marguerite, Marguerite, voilà que tu t'emportes encore ! Ne peux-tu pas raisonner avec Sophie sans lui dire des choses désagréables ?

MARGUERITE

Mais, enfin, pourquoi Sophie attaque-t-elle ce pauvre Hurel ?

SOPHIE, *piquée.*

Je ne l'ai pas attaqué, mademoiselle ; je suis seulement ennuyée d'attendre, et je m'en vais chez moi apprendre mes leçons, J'aime encore mieux travailler que de perdre mon temps à attendre cet Hurel.

MARGUERITE

Entends-tu, entends-tu, Madeleine, comme elle parle de cet excellent Hurel ? Si j'étais à sa place, je ne donnerais pas les écrevisses qu'il nous a promises, et... Mais... le voilà ; voici son cheval qui arrive. »

En effet, le cheval d'Hurel s'arrêtait devant le perron ; il était ruisselant d'eau et paraissait fatigué.

CAMILLE

Où est donc Hurel ? Comment son cheval vient-il tout seul ?

MARGUERITE

Hurel est sans doute descendu pour ouvrir et refermer la barrière, et le cheval aura continué tout seul.

CAMILLE

Mais regarde comme il a l'air fatigué !

MARGUERITE

C'est qu'il a fait une longue course.

SOPHIE

Mais pourquoi est-il si mouillé ?

MADELEINE

C'est qu'il aura traversé la rivière. »

Les enfants attendirent quelques instants ; ne voyant pas venir Hurel, elles appelèrent Élisa.

« Élisa, dit Camille, veux-tu venir avec nous à la rencontre d'Hurel ? Voici son cheval qui est arrivé, mais sans lui. »

Élisa descendit, regarda le cheval.

« C'est singulier, dit-elle, que le cheval soit venu sans son maître. Et dans quel état ce pauvre animal ! Venez, enfants, allons voir si nous rencontrerons Hurel... Pourvu qu'il ne soit pas arrivé un malheur ! » se dit-elle tout bas.

Elles se mirent à marcher précipitamment, en prenant le chemin qu'avait dû suivre le cheval. À mesure qu'elles avançaient, l'inquiétude les gagnait ; elles redoutaient un accident, une chute. En approchant de la grande route qui bordait la rivière, elles virent un

attroupement assez considérable ; Élisa, prévoyant un malheur, arrêta les enfants.

« N'avancez pas, mes chères petites ; laissez-moi aller voir la cause de ce rassemblement ; je reviens dans une minute. »

Les enfants restèrent sur la route, pendant qu'Élisa se dirigeait vers un groupe qui causait avec animation.

« Messieurs, dit-elle en s'approchant, pouvez-vous me dire quelle est la cause du mouvement extraordinaire que j'aperçois là-bas, sur le bord de la rivière ?

UN OUVRIER

C'est un grand malheur qui vient d'arriver, madame ! On a trouvé dans la rivière le corps d'un brave boucher nommé Hurel !...

ÉLISA

Hurel !... pauvre Hurel ! Nous l'attendions ; il venait au château. Mais est-il réellement mort ? N'y a-t-il aucun espoir de le sauver ?

UN OUVRIER

Hélas ! non, madame : le médecin a essayé pendant deux heures de le ranimer, et il n'a pas fait un mouvement. Que faire maintenant ? Comment apprendre ce malheur à sa femme ? Il y a de quoi la tuer, la pauvre créature !

ÉLISA

Mon Dieu, mon Dieu, quel malheur ! je ne sais quel conseil vous donner. Mais il faut que j'aille

rejoindre mes petites, qui venaient au-devant de ce pauvre Hurel et que j'ai laissées sur le chemin. »

Élisa retourna en courant près des enfants, qu'elle trouva où elle les avait laissées, malgré leur impatience d'apprendre quelque chose sur Hurel. Sa pâleur et son air triste les préparèrent à une mauvaise nouvelle. Toutes à la fois demandèrent ce qu'il y avait.

« Pourquoi tout ce monde, Élisa ? Sait-on ce qu'il est devenu ?

ÉLISA

Mes chères enfants, nous n'avons pas besoin d'aller plus loin pour avoir de ses nouvelles... Pauvre homme, il lui est arrivé un accident, un terrible accident...

MARGUERITE, *avec terreur.*

Quoi ? quel accident ? est-il blessé ?

ÉLISA

Pis que cela, ma bonne Marguerite : le pauvre homme est tombé dans l'eau, et... et...

CAMILLE

Parle donc, Élisa ; quoi ! serait-il noyé ?

ÉLISA

Tout juste. On a retiré son corps de l'eau il y a deux heures...

SOPHIE

Ainsi, pendant que je l'accusais si injustement, le malheureux homme était déjà mort !

MARGUERITE

Tu vois bien, Sophie, que ce n'était pas sa faute. Pauvre Hurel ! quel malheur ! »

Les enfants pleuraient. Élisa leur raconta le peu de détails qu'elle savait et leur conseilla de revenir à la maison.

ÉLISA

Nous informerons ces dames de ce malheureux événement ; elles trouveront peut-être le moyen d'adoucir le chagrin de la pauvre femme Hurel. Nous autres, nous ne pouvons rien ni pour le mort, ni pour ceux qui restent.

CAMILLE

Oh ! si, Élisa : nous pouvons prier le bon Dieu pour eux ; lui demander d'admettre le pauvre Hurel dans le paradis et de donner à sa femme et à ses enfants la force de se résigner et de souffrir sans murmure.

MARGUERITE

Bonne Camille, tu as toujours de nobles et pieuses pensées. Oui, nous prierons toutes pour eux.

MADELEINE

Et nous demanderons à maman de faire dire des messes pour Hurel. »

Tout en pleurant, elles arrivèrent au château et entrèrent au salon. Ni l'une ni l'autre ne pouvait parler ; leurs larmes coulaient malgré elles. Mme de Fleurville et Mme de Rosbourg, étonnées et peinées de ce chagrin, leur adressaient vainement une foule de questions. Enfin, Madeleine parvint à se calmer et raconta ce qu'elles venaient de voir et d'entendre. Les mamans partagèrent le chagrin de leurs enfants, et, après avoir discuté sur ce qu'il y avait de mieux à faire, elles se mirent en route pour aller voir par elles-mêmes s'il n'y avait aucun espoir de rappeler Hurel à la vie.

Elles revinrent peu de temps après et se virent entourées par les petites, impatientes d'avoir quelques nouvelles consolantes.

CAMILLE

Eh bien, chère maman, eh bien, y a-t-il quelque espoir ?

MADAME DE FLEURVILLE

Aucun, mes chères petites, aucun. Quand nous sommes arrivées, on venait de placer le corps froid et inanimé du pauvre Hurel sur une charrette pour le ramener chez lui ; un de ses beaux-frères et une sœur de Mme Hurel sont partis en avant pour la préparer à cet affreux malheur ; demain, se fera l'enterrement ; après-demain, nous irons, Mme de Rosbourg et moi, offrir quelques consolations à la femme Hurel et voir si elle n'a pas besoin d'être aidée pour vivre.

SOPHIE

Mais ne va-t-elle pas continuer la boucherie, comme faisait son mari ?

MADAME DE FLEURVILLE

Je ne le pense pas ; pour être boucher, il faut courir le pays, aller au loin chercher des veaux, des moutons, des bœufs ; et puis une femme ne peut pas tuer ces pauvres animaux ; elle n'en a ni la force ni le courage.

CAMILLE

Et son fils Théophile, ne peut-il remplacer son père ?

MADAME DE FLEURVILLE

Non, parce qu'il est garçon boucher à Paris, et qu'il est encore trop jeune pour diriger une boucherie. »

Pendant le reste de la journée, on ne parla que du pauvre Hurel et de sa famille ; tout le monde était triste.

Le surlendemain, ces dames montèrent en voiture pour aller à Aube visiter la malheureuse veuve. Elles restèrent longtemps absentes ; les enfants guettaient leur retour avec anxiété, et au bruit de la voiture elles coururent sur le perron.

MARGUERITE

Eh bien, chère maman, comment avez-vous trouvé les pauvres Hurel ? Comment est Victorine ?

MADAME DE ROSBOURG

Pas bien, chères petites ; la pauvre femme est dans un désespoir qui fait pitié et que je n'ai pu calmer ; elle pleure jour et nuit et elle appelle son mari, qui est auprès du bon Dieu. Victorine est désolée, et Théophile n'est pas encore de retour ; on lui a écrit de revenir.

MADELEINE

Ont-ils de quoi vivre ?

MADAME DE ROSBOURG

Tout au plus ; les gens qui doivent de l'argent à Hurel ne s'empressent pas de payer, et ceux auxquels il devait veulent être payés tout de suite et menacent de faire vendre leur maison et leur petite terre.

SOPHIE

Je crois que nous pourrions leur venir en aide en leur donnant l'argent que nous avons pour nos menus plaisirs. Nous avons chacune deux francs par semaine ; en donnant un franc, cela ferait quatre par semaine et seize francs par mois ; ce serait assez pour leur pain du mois.

CAMILLE, *bas à Sophie.*

Tu vois, Sophie : l'année dernière, tu n'aurais jamais eu cette bonne pensée.

MADELEINE

Sophie a raison ; c'est une excellente idée. Vous nous permettez, n'est-ce pas, maman, de faire cette petite pension à la mère Hurel ?

MADAME DE FLEURVILLE, *les embrassant.*

Certainement, mes excellentes petites filles ; vous êtes bonnes et charitables toutes les quatre. Sophie, tu n'auras bientôt rien à envier à tes amies. »

Enchantées de la permission, les quatre amies coururent demander leurs bourses à Élisa et remirent chacune un franc à Mme de Fleurville, qui les envoya à la mère Hurel en y ajoutant cent francs.

Elles continuèrent à lui envoyer chaque semaine bien exactement leurs petites épargnes ; elles y ajoutaient quelquefois un jupon, ou une camisole qu'elles avaient faite elles-mêmes, ou bien des fruits ou des gâteaux dont elles se privaient avec bonheur pour offrir un souvenir à la pauvre femme. Mme de Rosbourg et Mme de Fleurville y joignaient des sommes plus considérables. Grâce à ces secours, ni la veuve ni la fille d'Hurel ne manquèrent du nécessaire. Quelque temps après, Victorine se maria avec un brave garçon, aubergiste à deux lieues d'Aube ; et sa mère, vieillie par le chagrin et par la maladie, mourut en remerciant Dieu de la réunir à son cher Hurel.

Chapitre 26

La petite vérole

Un jour, Camille se plaignit de mal de tête, de mal de cœur. Son visage pâle et altéré inquiéta Mme de Fleurville, qui la fit coucher ; la fièvre, le mal de tête continuant, ainsi que le mal de cœur et les vomissements, on envoya chercher le médecin. Il ne vint que le soir, mais, quand il arriva, il trouva Camille plus calme ; Élisa lui avait mis aux pieds des cataplasmes saupoudrés de camphre qui l'avaient beaucoup soulagée ; elle buvait de l'eau de gomme fraîche. Le médecin complimenta Élisa sur les soins éclairés et affectueux qu'elle donnait à sa petite malade ; il complimenta Camille sur sa bonne humeur et sa docilité et dit à Mme de Fleurville de ne pas s'inquiéter et de continuer le même traitement. Le lendemain, Élisa aperçut des taches rouges sur le visage de Camille ; les bras et le corps en avaient aussi ; vers le soir, chaque tache devint un bouton, et en même temps le mal de cœur et le mal de tête se dissipèrent. Le méde-

cin déclara que c'était la petite vérole : on éloigna immédiatement les trois autres enfants. Élisa et Mme de Fleurville restèrent seules auprès de Camille. Mme de Fleurville voulait aussi renvoyer Élisa, de peur de la contagion ; mais Élisa s'y refusa obstinément.

ÉLISA

Jamais, madame, je n'abandonnerai ma pauvre malade ; quand même je devrais gagner la petite vérole, je ne manquerai pas à mon devoir.

CAMILLE

Ma bonne Élisa, je sais combien tu m'aimes, mais, moi aussi, je t'aime, et je serais désolée de te voir malade à cause de moi.

ÉLISA

Ta, ta, ta ! restez tranquille, ne vous inquiétez de rien, ne parlez pas ; si vous vous agitez, le mal de tête reviendra. »

Camille sourit et remercia Élisa du regard ; ses pauvres yeux étaient à moitié fermés ; son visage était couvert de boutons. Quelques jours après, les boutons séchèrent, et Camille put quitter son lit ; il ne lui restait que de la faiblesse.

Pendant sa maladie, Madeleine, Marguerite et Sophie demandaient sans cesse de ses nouvelles ; on leur défendit d'approcher de la chambre de Camille, mais elles pouvaient voir Élisa et lui parler ; vingt fois par jour, quand elles entendaient sa voix dans la cuisine ou dans l'antichambre, elles accouraient pour

s'informer de leur chère Camille ; elles lui envoyaient des découpures, des dessins, de petits paniers en jonc, tout ce qu'elles pensaient pouvoir la distraire et l'amuser. Camille leur faisait dire mille tendresses ; mais elle ne pouvait rien leur envoyer, car on lui défendait de travailler, de lire, de dessiner, de peur de fatiguer ses yeux.

Il y avait huit jours qu'elle était levée ; ses croûtes commençaient à tomber, lorsqu'elle fut frappée un matin de la pâleur d'Élisa.

CAMILLE, *avec inquiétude.*

Tu es malade, Élisa ; tu es pâle comme si tu allais mourir. Ah ! comme ta main est chaude ! tu as la fièvre.

ÉLISA

J'ai un affreux mal de tête depuis hier : je n'ai pas dormi de la nuit ; voilà pourquoi je suis pâle : mais ce ne sera rien.

CAMILLE

Couche-toi, ma chère Élisa, je t'en prie ; tu peux à peine te soutenir ; vois, tu chancelles. »

Élisa s'affaissa sur un fauteuil ; Camille courut appeler sa maman, qui la suivit immédiatement. Voyant l'état dans lequel était la pauvre Élisa, elle lui fit bassiner son lit et la fit coucher malgré sa résistance. Le médecin fut encore appelé ; il trouva beaucoup de fièvre, du délire, et déclara que c'était probablement la petite vérole qui commençait. Il ordonna divers remèdes, qui n'amenèrent aucun sou-

lagement ; le lendemain, il fit poser des sangsues aux chevilles de la malade, pour lui dégager la tête et faire sortir les boutons. Depuis qu'Élisa était dans son lit, Camille ne la quittait plus ; elle lui donnait à boire, chauffait ses cataplasmes, lui mouillait la tête avec de l'eau fraîche. Il fallut toute son obéissance aux ordres de sa mère pour l'empêcher de passer la nuit auprès de sa chère Élisa.

« C'est en me soignant qu'elle est devenue malade, répétait-elle en pleurant : il est juste que je la soigne à mon tour. »

Élisa ne sentait pas la douceur de cette tendresse touchante : depuis la veille elle était sans connaissance ; elle ne parlait pas, n'ouvrait même pas les yeux. On lui mit vingt sangsues aux pieds sans qu'elle eût l'air de les sentir ; son sang coula abondamment et longtemps ; enfin, on l'arrêta, on lui enveloppa les pieds de coton. Le lendemain, tout son corps se couvrit de plaques rouges : c'était la petite vérole qui sortait. En même temps, elle éprouva un mieux sensible ; ses yeux purent s'ouvrir et supporter la lumière ; elle reconnut Camille qui la regardait avec anxiété, et lui sourit ; Camille saisit sa main brûlante et la porta à ses lèvres.

« Ne parle pas, ma pauvre Élisa, lui dit-elle, ne parle pas, maman et moi, nous sommes près de toi. »

Élisa ne pouvait pas encore répondre ; mais, en reprenant l'usage de ses sens, elle avait repris le sentiment des soins que lui avaient donnés Camille et Mme de Fleurville ; sa reconnaissance s'exprimait par tous les moyens possibles.

Pendant plusieurs jours encore, Élisa fut en danger. Enfin arriva le moment où le médecin déclara qu'elle était sauvée ; les boutons commençaient à sécher ; ils étaient si abondants que tout son visage et sa tête en étaient couverts.

Quand elle fut mieux et qu'elle commença à prendre quelque nourriture, Camille, qui allait tout à fait bien, demanda à sa mère si elle ne pouvait pas sortir et voir sa sœur et ses amies.

« Tu peux te promener, chère enfant, dit Mme de Fleurville, et causer avec Madeleine et tes amies, mais pas encore les embrasser ni les toucher. »

Camille sauta hors de la chambre, courut dehors et, entendant les voix de Madeleine, de Sophie et de Marguerite, qui causaient dans leur petit jardin, elle se dirigea vers elles en criant :

« Madeleine, Marguerite, Sophie, je veux vous voir, vous parler ; venez vite, mais ne me touchez pas ! »

Trois cris de joie répondirent à l'appel de Camille ; elle vit accourir ses trois amies, se pressant, se poussant, à qui arriverait la première.

« Arrêtez ! cria Camille, s'arrêtant elle-même, maman m'a défendu de vous toucher. Je pourrais encore vous donner la petite vérole.

MADELEINE

Je voudrais tant t'embrasser, Camille, ma chère Camille !

MARGUERITE

Et moi donc ! Ah bah ! je t'embrasse tout de même. »

En disant ces mots, elle s'élançait vers Camille, qui sauta vivement en arrière.

« Imprudente ! dit-elle. Si tu savais ce que c'est que la petite vérole, tu ne t'exposerais pas à la gagner.

SOPHIE

Raconte-nous si tu t'es bien ennuyée, si tu as beaucoup souffert, si tu as eu peur.

CAMILLE

Oh ! oui, mais pas quand j'étais très malade. Je souffrais trop de la tête et du mal de cœur pour m'ennuyer ; mais la pauvre Élisa a souffert bien plus et plus longtemps que moi.

MADELEINE

Et comment est-elle aujourd'hui ? Quand pourrons-nous la revoir ?

CAMILLE

Elle va bien ; elle a mangé du poulet à déjeuner, elle se lève, elle croit que vous pourrez la voir par la fenêtre demain.

MADELEINE

Quel bonheur ! et quand pourrons-nous t'embrasser, ainsi que maman ?

CAMILLE

Maman, qui n'a pas eu comme moi la petite vérole, pourra vous embrasser tout à l'heure ; elle est allée changer ses vêtements, qui sont imprégnés de l'air de la chambre d'Élisa. »

Les enfants continuèrent à causer et à se raconter les événements de leur vie simple et uniforme. Bientôt arriva Mme de Fleurville avec Mme de Rosbourg ; les enfants se précipitèrent vers elle et l'embrassèrent bien des fois, pendant que Mme de Rosbourg embrassait Camille. Depuis trois semaines, Mme de Fleurville n'avait vu les enfants que de loin et à la fenêtre. Le matin même, le médecin avait déclaré qu'il n'y avait plus aucun danger de gagner la petite vérole ni par elle ni par Camille ; mais Élisa devait encore rester éloignée jusqu'à ce que ses croûtes fussent tombées.

Le lendemain, il y avait grande agitation parmi les enfants ; Élisa devait se montrer à la fenêtre après déjeuner. Une heure d'avance, elles étaient comme des abeilles en révolution ; elles allaient, venaient, regardaient à la pendulc, regardaient à la fenêtre, préparaient des sièges ; enfin, elles se rangèrent toutes quatre sur des chaises, comme pour un spectacle, et attendirent, les yeux levés. Tout à coup, la fenêtre s'ouvrit, et Élisa parut.

« Élisa, Élisa, ma pauvre Élisa ! s'écrièrent Camille et Madeleine, que les larmes empêchèrent de continuer.

MARGUERITE

Bonjour, ma chère Élisa.

SOPHIE

Bonjour, ma chère Élisa.

ÉLISA

Bonjour, bonjour, mes enfants ; voyez comme je suis devenue belle ; quel masque sur mon visage !

CAMILLE

Oh ! tu seras toujours ma belle et ma bonne Élisa ; crois-tu que j'oublie que c'est pour m'avoir soignée que tu es tombée malade ?

ÉLISA

Tu me l'as bien rendu aussi. Tu es une bonne, une excellente enfant ; tant que je vivrai, je n'oublierai ni la tendresse touchante que tu m'as témoignée pendant ma maladie, ni la bonté de Mme de Fleurville. »

Et la pauvre Élisa, attendrie, essuya ses yeux pleins de larmes ; son attendrissement gagna les enfants, qui se mirent à pleurer aussi. Mme de Fleurville et Mme de Rosbourg arrivèrent pendant que tout le monde pleurait.

« Qu'y a-t-il donc ? demandèrent-elles, un peu effrayées.

— Rien, maman ; c'est la pauvre Élisa qui est à sa fenêtre. »

Ces dames levèrent les yeux et, voyant pleurer Élisa, elles comprirent la scène de larmes joyeuses qui venait de se passer.

« Il s'agit bien de pleurer, aujourd'hui ! dit Mme de Rosbourg ; laissons Élisa se reposer et se bien rétablir, et allons, en attendant, arranger une fête pour célébrer son rétablissement.

— Une fête ! une fête ! s'écrièrent les enfants ;

oh ! merci, chère madame ! Ce sera charmant ! Une fête pour Élisa. »

Élisa était fatiguée ; elle se retira dans le fond de sa chambre ; les enfants suivirent Mme de Rosbourg et discutèrent les arrangements d'une fête en l'honneur d'Élisa. En passant au chapitre suivant, nous saurons ce qui aura été décidé.

Chapitre 27

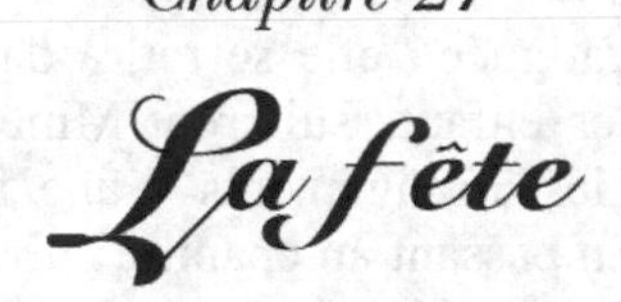

La fête

Depuis quelques jours, tout était en rumeur au château ; on enfonçait des clous dans une orangerie attenante au salon ; on assemblait et on brouettait des fleurs ; on cuisait des pâtés, des gâteaux, des bonbons. Les enfants avaient avec Élisa un air mystérieux ; elles l'empêchaient d'aller du côté de l'orangerie ; elles la gardaient le plus possible avec elles, afin de ne pas la laisser causer dans la cuisine et à l'office. Élisa se doutait de quelque surprise ; mais elle faisait l'ignorante pour ne pas diminuer le plaisir que se promettaient les enfants.

Enfin, le jeudi suivant, à trois heures, il y eut dans la maison un mouvement extraordinaire. Élisa s'apprêtait à s'habiller, lorsqu'elle vit entrer les enfants, qui portaient un énorme panier couvert et qui avaient leurs belles toilettes du dimanche.

CAMILLE

Nous allons t'habiller, ma bonne Élisa ; nous apportons tout ce qu'il faut pour ta toilette.

ÉLISA

J'ai tout ce qu'il me faut ; merci, mes enfants.

MADELEINE

Mais tu n'as pas vu ce que nous t'apportons ; tiens, tiens, regarde. »

Et, en disant ces mots, Madeleine enleva la mousseline qui couvrait le panier. Élisa vit une belle robe en taffetas marron, un col et des manches en dentelle, un bonnet de dentelle garni de rubans et un mantelet de taffetas noir garni de volants pareils.

ÉLISA

Ce n'est pas pour moi, tout cela ; c'est trop beau ! Je ne mettrai pas une si élégante toilette ; je ressemblerais à Mme Fichini.

MARGUERITE

Non, non, tu ne ressembleras jamais à la grosse Mme Fichini.

CAMILLE

Il n'y a plus de Mme Fichini ; c'est la comtesse Blagowski qu'il faut dire.

MADELEINE

Bah ! la comtesse Blagowski ou Mme Fichini, qu'importe ! Habillons Élisa. »

Avant qu'elle eût pu les empêcher, les quatre petites filles avaient dénoué le tablier et déboutonné la robe d'Élisa, qui se trouva en jupon en moins d'une minute.

CAMILLE

Baisse-toi, que je te mette ton col.

MADELEINE

Donne-moi ton bras, que je passe une manche.

MARGUERITE

Étends l'autre bras, que je te passe l'autre manche.

SOPHIE

Voici la robe : je la tiens toute prête ; et le bonnet. »

La robe fut passée, arrangée, boutonnée ; les enfants menèrent Élisa devant une glace de leur maman : elle se trouva si belle qu'elle ne pouvait se lasser de se regarder et de s'admirer. Elle remercia et embrassa tendrement les enfants, qui l'accompagnèrent chez Mmes de Fleurville et de Rosbourg, car Élisa voulait les remercier aussi.

« À présent, mes enfants, dit-elle en se dirigeant vers sa chambre, je vais ôter toutes ces belles affaires ; je les garderai pour la première occasion.

CAMILLE

Mais non, Élisa ; il faut que tu restes toute la journée habillée comme tu es.

ÉLISA

Pour quoi faire ?

MADELEINE

Tu vas voir ; viens avec moi. »

Et, saisissant Élisa, les quatre enfants la conduisirent dans le salon, puis dans l'orangerie, qui était convertie en salle de spectacle et qui était pleine de monde. Les fermiers et les messieurs du voisinage étaient dans une galerie élevée, les domestiques et les gens du village occupaient le parterre. Les enfants entraînèrent Élisa toute confuse à des places réservées au milicu dc la galerie ; elles s'assirent autour d'elle ! la toile se leva, et le spectacle commença.

Le sujet de la pièce était l'histoire d'une bonne Négresse qui, lors du massacre des Blancs par les Nègres à l'île Saint-Domingue, sauve les enfants de ses maîtres, les soustrait à mille dangers et finit par s'embarquer avec eux sur un vaisseau qui retournait en France ; elle dépose entre les mains du capitaine une cassette qu'elle a eu le bonheur de sauver, qui appartenait à ses maîtres massacrés et qui contenait une somme considérable en bijoux et en or ; elle déclare que cette somme appartient aux enfants.

On applaudit avec fureur ; les applaudissements redoublèrent, lorsque de tous côtés on lança des bouquets à Élisa, qui ne savait comment remercier de tous ces témoignages d'intérêt.

Après le spectacle, on passa dans la salle à manger, où l'on trouva la table couverte de pâtés, de jambons, de gâteaux, de crèmes, de gelées. Tout le monde avait faim ; on mangea énormément ; pendant que les voisins et les personnes du château faisaient ce repas, on servait dehors, aux gens du village, des pâtés, des galantines, des galettes, du cidre et du café.

Lorsque chacun fut rassasié, on rentra dans l'orangerie, d'où l'on avait enlevé tout ce qui pouvait gêner pour la danse ; les chaises et les bancs étaient rangés contre le mur ; les lustres et les lampes étaient allumés. Au moment où les enfants entrèrent, l'orchestre, composé de quatre musiciens, commença une contredanse ; les petites et Élisa la dansèrent avec plusieurs dames et messieurs ; les autres invités se mirent aussi en train, et, une demi-heure après, tout le monde dansait dans l'orangerie et devant la maison. Les enfants ne s'étaient jamais autant amusées ; Élisa était enchantée et attendrie de cette fête donnée à son intention, et dont elle était la reine. On dansa jusqu'à onze heures du soir. Après avoir mangé encore quelques pâtés, du jambon, des gâteaux et des crèmes, chacun s'en alla, les uns à pied, les autres en carriole.

Les enfants rentrèrent chez elles avec Élisa, après avoir bien embrassé et bien remercié leurs mamans.

SOPHIE

Dieu ! que j'ai chaud ! ma chemise est trempée !

MARGUERITE

Et moi donc ! ma robe est toute mouillée de sueur.

MADELEINE

Ah ! que j'ai mal aux pieds !

CAMILLE

Je n'en puis plus ! À la dernière contredanse, mes jambes ne pouvaient plus remuer.

MARGUERITE

As-tu vu ce gros petit bonhomme, au ventre rebondi, qui a été roulé dans un galop ?

CAMILLE

Oui, il était bien drôle ; il sautait, il galopait tout comme s'il n'avait pas eu un gros ventre à traîner.

SOPHIE

Et ce grand maigre qui sautait si haut qu'il a accroché le lustre !

MADELEINE

Il a manqué de prendre feu, ce pauvre maigre ; c'est qu'il aurait brûlé comme une allumette.

SOPHIE

As-tu remarqué cette petite fille prétentieuse qui faisait des mines et qui était si ridiculement mise ?

MADELEINE

Non, je ne l'ai pas vue. Comment était-elle habillée ?

SOPHIE

Elle avait une robe grise avec de grosses fleurs rouges.

MADELEINE

Ah ! oui, je sais ce que tu veux dire ; c'est une pauvre ouvrière très timide et qui n'est pas du tout prétentieuse.

SOPHIE

Par exemple ! si celle-là ne l'est pas, je ne sais qui le sera. Et cette autre, qui avait une robe de mousseline blanche chiffonnée, avec des nœuds d'un bleu passé qui traînaient jusqu'à terre, trouves-tu aussi qu'elle n'était pas affectée ?

CAMILLE

Voyons, ne disons pas de mal de tous ces pauvres gens, qui se sont habillés chacun comme il l'a pu, qui se sont amusés et qui ont contribué à nous amuser.

SOPHIE, *avec aigreur.*

Mon Dieu, comme tu es sévère ! Est-ce qu'il est défendu de rire un peu des gens ridicules ?

CAMILLE

Non, mais pourquoi trouver ridicules des gens qui ne le sont pas ?

SOPHIE

Si tu les trouves bien, ce n'est pas une raison pour que je sois obligée de dire comme toi.

MADELEINE

Sophie, Sophie, tu vas te fâcher tout à fait, si tu continues sur ce ton.

SOPHIE

Il n'est pas question de se fâcher ! je dis seulement que je trouve Camille on ne peut plus ennuyeuse avec sa perpétuelle bonté. Jamais elle ne rit de personne ; jamais elle ne voit les bêtises et les sottises des autres.

MARGUERITE, *avec vivacité.*

C'est bien heureux pour toi !

SOPHIE, *sèchement.*

Que veux-tu dire par là ?

MARGUERITE

Je veux dire, mademoiselle, que si Camille voyait les sottises des autres et si elle en riait, elle verrait souvent les vôtres, et que nous ririons toutes à vos dépens.

SOPHIE, *en colère.*

Je m'embarrasse peu de ce que tu dis, tu es trop bête.

ÉLISA, *qui entre.*

Eh bien ! eh bien ! qu'est-ce que j'entends ? On se querelle par ici ?

SOPHIE

C'est Marguerite qui me dit des sottises.

ÉLISA

Il me semble que, lorsque je suis entrée, c'était vous qui en disiez à Marguerite.

SOPHIE, *embarrassée.*

C'est-à-dire... Je répondais seulement..., mais c'est elle qui a commencé.

MARGUERITE

C'est vrai, Élisa ; je lui ai dit qu'elle disait des sottises ; j'avais raison, puisqu'elle a dit que Camille était ennuyeuse.

ÉLISA

Mes enfants, mes enfants, est-ce ainsi que vous finissez une si heureuse journée, en vous querellant, en vous injuriant ? »

Sophie et Marguerite rougirent et baissèrent la tête ; elles se regardèrent et dirent ensemble :

« Pardon ! Sophie.

— Pardon ! Marguerite. »

Puis elles s'embrassèrent. Sophie demanda pardon aussi à Camille, qui était trop bonne pour lui en vouloir. Elles achevèrent toutes de se déshabiller et se couchèrent après avoir dit leur prière avec Élisa. Élisa lcs remercia encore tendrement de toute leur affection et de la journée qui venait de s'écouler.

Chapitre 28

La partie d'âne

MARGUERITE

Maman, pourquoi ne montons-nous jamais à âne ? c'est si amusant !

MADAME DE ROSBOURG

J'avoue que je n'y ai pas pensé.

MADAME DE FLEURVILLE

Ni moi non plus ; mais il est facile de réparer cet oubli ; on peut avoir les deux ânes de la ferme, ceux du moulin et de la papeterie, ce qui en fera six.

CAMILLE

Et où irons-nous, maman, avec nos six ânes ?

SOPHIE

Nous pourrions aller au moulin.

MARGUERITE

Non, Jeannette est trop méchante ; depuis qu'elle m'a volé ma poupée, je n'aime pas la voir ; elle me fait des yeux si méchants que j'en ai peur.

MADELEINE

Allons à la maison blanche voir Lucie.

SOPHIE

Ce n'est pas assez loin ! nous y allons sans cesse à pied.

MADAME DE FLEURVILLE

J'ai une idée que je crois bonne ; je parie que vous en serez toutes très contentes.

CAMILLE

Quelle idée, maman ? dites-la, je vous en prie.

MADAME DE FLEURVILLE

C'est d'avoir un septième âne...

MARGUERITE

Mais ce ne sera pas amusant du tout d'avoir un âne sans personne dessus.

MADAME DE FLEURVILLE

Attends donc ; que tu es impatiente ! Le septième âne porterait les provisions et... et vous ne devinez pas ?

MADELEINE

Des provisions ? pour qui donc, maman ?

MADAME DE FLEURVILLE

Pour nous, pour que nous les mangions !

MARGUERITE

Mais pourquoi ne pas les manger à table, au lieu de les manger sur le dos de l'âne ? »

Tout le monde partit d'un éclat de rire : l'idée de faire du dos de l'âne une table à manger leur parut si plaisante qu'elles en rirent toutes, Marguerite comme les autres.

« Ce n'est pas sur le dos de l'âne que nous mangerons, dit Mme de Fleurville, mais l'âne transportera notre déjeuner dans la forêt de Moulins ; nous étalerons notre déjeuner sur l'herbe dans une jolie clairière et nous mangerons en plein bois.

— Charmant, charmant ! crièrent les quatre petites en battant des mains et en sautant. Oh ! la bonne idée ! embrassons bien maman pour la remercier de sa bonne invention.

— Je suis enchantée d'avoir si bien trouvé, répondit Mme de Fleurville en se dégageant des bras des enfants qui la caressaient à l'envi l'une de l'autre.

Maintenant, je vais commander un déjeuner froid pour dcmain et m'assurer de nos sept ânes. »

Les petites coururent chez Élisa pour lui faire part de leur joie et pour lui demander de venir avec elles.

ÉLISA, *en les embrassant.*

Mes chères petites, je vous remercie de penser à moi et de m'inviter à vous accompagner ; mais j'ai autre chose à faire que de m'amuser. À moins que vos mamans n'aient besoin de moi, j'aime mieux rester à la maison et faire mon ouvrage.

MADELEINE

Quel ouvrage ? Tu n'as rien de pressé à faire !

ÉLISA

J'ai à finir vos robes de popeline bleue ; j'ai à faire des manches, des cols, des jupons, des chemises, des mou...

MARGUERITE

Assez, assez, grand Dieu ! comme en voilà ! Et c'est toi qui feras tout cela ?

ÉLISA

Et qui donc ? sera-ce vous, par hasard ?

CAMILLE

Eh bien, oui ; nous t'aiderons toutes pendant deux jours.

ÉLISA, *riant.*

Merci bien, mes chéries ! J'aurais là de fameuses ouvrières, qui me gâcheraient mon ouvrage au lieu de l'avancer ! Du tout, du tout, à chacun son affaire. Amusez-vous ; courez, sautez, mangez sur l'herbe ; mon devoir à moi est de travailler : d'ailleurs, je suis trop vieille pour gambader et courir les forêts.

SOPHIE

Vous dansiez pourtant joliment le jour du bal.

ÉLISA

Oh ! cela, c'est autre chose : c'est pour entretenir les jambes. Mais sans plaisanterie, mes chères enfants, ne me forcez pas à être de la partie de demain, j'en serais contrariée. Une bonne est une bonne et n'est pas une dame qui vit de ses rentes ; j'ai mon ouvrage et je dois le faire. »

L'air sérieux d'Élisa mit un terme à l'insistance des enfants ; elles l'embrassèrent et la quittèrent pour aller raconter à leurs mamans le refus d'Élisa.

« Élisa, dit Mme de Fleurville, fait preuve de tact, de jugement et de cœur, chères petites, en refusant de nous accompagner demain ; c'est la délicatesse qu'elle met dans toutes ses actions qui la rend si supérieure aux autres bonnes que vous connaissez. C'est vrai qu'elle a beaucoup d'ouvrage ; et, si elle perdait à s'amuser le peu de temps qui lui reste après avoir fait son service près de vous, vous seriez les premières à en souffrir. »

Les enfants n'insistèrent plus et reportèrent leurs pensées sur la journée du lendemain.

« Dieu ! que la matinée est longue ! dit Sophie après deux heures de bâillements et de plaintes.

— Nous allons dîner dans une demi-heure, répondit Madeleine.

SOPHIE

Et toute la soirée encore à passer ! Quand donc arrivera demain ?

MARGUERITE, *avec ironie.*

Quand aujourd'hui sera fini.

SOPHIE, *piquée.*

Je sais très bien qu'aujourd'hui ne sera pas demain, que demain n'est pas aujourd'hui, que... que...

MARGUERITE, *riant.*

Que demain est demain et que M. la Palisse n'est pas mort.

SOPHIE

C'est bête, ce que tu dis ! Tu crois avoir plus d'esprit que les autres...

MARGUERITE, *vivement.*

Et je n'en ai pas plus que toi. C'est cela que tu voulais dire ?

SOPHIE, *en colère.*

Non, mademoiselle, ce n'est pas cela que je voulais dire : mais, en vérité, vous me faites toujours parler si sottement...

MARGUERITE

C'est parce que je te laisse dire.

CAMILLE, *d'un air de reproche.*

Marguerite, Marguerite !

MARGUERITE, *l'embrassant.*

Chère Camille, pardon, j'ai tort ; mais Sophie est quelquefois... si... si... je ne sais comment dire.

SOPHIE, *en colère.*

Voyons, dis tout de suite *si bête* ! Ne te gêne pas, je te prie.

MARGUERITE

Mais non, Sophie, je ne veux pas dire *bête,* tu ne l'es pas, mais... un peu... impatiente.

SOPHIE

Et qu'ai-je donc fait ou dit de si impatient ?

MARGUERITE

Depuis deux heures tu bâilles, tu te roules, tu t'ennuies, tu regardes l'heure, tu répètes sans cesse que la journée ne finira jamais...

SOPHIE

Eh bien, où est le mal ? Je dis tout haut ce que vous pensez tout bas.

MARGUERITE

Mais du tout ; nous ne le pensons pas du tout ! N'est-ce pas, Camille ? n'est-ce pas, Madeleine ?

CAMILLE, *un peu embarrassée.*

Nous qui sommes plus âgées, nous savons mieux attendre.

MARGUERITE, *vivement.*

Et moi qui suis plus jeune, est-ce que je n'attends pas ?

SOPHIE, *avec une révérence moqueuse.*

Oh ! toi, nous savons que tu es une perfection, que tu as plus d'esprit que tout le monde, que tu es meilleure que tout le monde !

MARGUERITE, *lui rendant sa révérence.*

Et que je ne te ressemble pas, alors. »

Mme de Rosbourg avait entendu toute la conversation du bout du salon, où elle était occupée à peindre ; elle ne s'en était pas mêlée, parce qu'elle voulait les habituer à reconnaître d'elles-mêmes leurs torts ; mais, au point où en était venue l'irritation des deux *amies,* elle jugea nécessaire d'intervenir.

Marguerite, tu prends la mauvaise habitude de te moquer, de lancer des paroles piquantes, qui blessent et irritent. Parce que Sophie a su moins bien que toi réprimer son impatience, tu lui as dit plusieurs choses blessantes qui l'ont mise en colère : c'est mal, et j'en suis peinée ; je croyais à ma petite Marguerite un meilleur cœur et plus de générosité.

MARGUERITE, *courant se jeter dans ses bras.*

Ma chère, ma bonne maman, pardonnez à votre petite Marguerite ; ne soyez pas chagrine ; je sens la justesse de vos reproches, et j'espère ne plus les mériter à l'avenir. *(Allant à Sophie.)* Pardonne-moi, Sophie ; sois sûre que je ne recommencerai plus, et, si jamais il m'échappe une parole méchante ou moqueuse, rappelle-moi que je fais de la peine à maman : cette pensée m'arrêtera certainement. »

Sophie, apaisée par les reproches adressés à Marguerite et par la soumission de celle-ci, l'embrassa de tout son cœur. Le dîner fut annoncé, et on lui fit honneur ; la soirée se passa gaiement ; Sophie contint son impatience et se mêla avec entrain aux projets formés pour le lendemain. La nuit ne lui parut pas longue, puisqu'elle dormit tout d'un somme jusqu'à huit heures, moment où sa bonne vint l'éveiller. Quand sa toilette fut faite, elle courut à la fenêtre et vit avec bonheur sept ânes sellés et rangés devant la maison. Elle descendit précipitamment et les examina tous.

« Celui-ci est trop petit, dit-elle ; celui-là est trop laid avec ses poils hérissés. Ce grand gris a l'air paresseux ; ce noir me paraît méchant ; ces deux roux sont trop maigres ; ce gris clair est le meilleur et le plus beau : c'est celui que je garde pour moi. Pour que les autres ne le prennent pas, je vais attacher mon chapeau et mon châle à la selle. Elles voudront toutes l'avoir, mais je ne le céderai pas. »

Pendant que, songeant uniquement à elle, elle choisissait ainsi cet âne qu'elle croyait préférable aux autres, Nicaise et son fils, qui devaient accompagner la cavalcade, plaçaient les provisions dans deux grands paniers, qu'on attacha sur le bât de l'âne noir.

Mme de Fleurville, Mme de Rosbourg et les enfants arrivèrent : il était neuf heures ; on avait bien déjeuné, tout était prêt ; on pouvait partir.

MADAME DE FLEURVILLE

Choisissez vos ânes, mes enfants. Commençons par les plus jeunes. Marguerite, lequel veux-tu ?

MARGUERITE

Cela m'est égal, chère madame ; celui que vous voudrez, ils sont tous bons.

MADAME DE FLEURVILLE

Eh bien, puisque tu me laisses le choix, Marguerite, je te conseille de prendre un des deux petits ânes ; l'autre sera pour Sophie. Ils sont excellents.

SOPHIE, *avec empressement.*

J'en ai déjà pris un, madame : le gris clair ; j'ai attaché sur la selle mon chapeau et mon châle.

Comme tu es pressée de choisir celui que tu crois être le meilleur, Sophie ! Ce n'est pas très aimable pour tes amies, ni très poli pour Mme de Rosbourg et pour moi. Mais, puisque tu as fait ton choix, tu garderas ton âne, et peut-être t'en repentiras-tu. »

Sophie était confuse ; elle sentait qu'elle avait mérité le reproche de Mme de Fleurville, et elle aurait donné beaucoup pour n'avoir pas montré l'égoïsme dont elle ne s'était pas encore corrigée. Camille et Madeleine ne dirent rien et montèrent sur les ânes qu'on leur désigna ; Marguerite jeta un regard souriant à Sophie, réprima une petite malice qui allait sortir de ses lèvres et sauta sur son petit âne.

Toute la cavalcade se mit en marche : Mmes de Fleurville et de Rosbourg en tête, Camille, Madeleine, Marguerite et Sophie les suivaient, Nicaise et son fils fermant la marche avec l'âne aux provisions.

On commença par aller au pas, puis on donna quelques petits coups de fouet, qui firent prendre le trot aux ânes ; tous trottaient, excepté celui de Sophie, qui ne voulut jamais quitter son camarade aux provisions. Elle entendait rire ses amies ; elle les voyait s'éloigner au trot et au galop de leurs ânes, et, malgré tous ses efforts et ceux de Nicaise, son âne s'obstina à marcher au pas, sur le même rang que son ami. Bientôt les cinq autres ânes disparurent à ses yeux ; elle restait seule, pleurant de colère et de chagrin ; le fils de Nicaise, touché de ses larmes, lui offrit des consolations qui la dépitèrent bien plus encore.

« Faut pas pleurer pour si peu, mam'selle ; de plus grands que vous s'y trompent bien aussi. Votre *bourri*

vous semblait meilleur que les autres : c'est pas étonnant que vous n'y connaissiez rien, puisque vous ne vous êtes pas occupée de bourris dans votre vie. C'est qu'il a l'air, à le voir comme ça, d'un fameux bourri ; moi qui le connais à l'user, je vous aurais dit que c'est un fainéant et un entêté. C'est qu'il n'en fait qu'à sa tête ! Mais faut pas vous chagriner ; au retour, vous le passerez à mam'selle Camille qui est si bonne qu'elle le prendra tout de même et elle vous donnera le sien, qui est parfaitement bon. »

Sophie ne répondait rien ; mais elle rougissait de s'être attiré par son égoïsme de pareilles consolations. Elle fit toute la route au pas ; quand elle arriva à la halte désignée, elle vit tous les ânes attachés à des arbres ; ses amies n'y étaient plus ; elles avaient voulu l'attendre, mais Mme de Fleurville, qui désirait donner une leçon à Sophie, ne le permit pas : elle les emmena avec Mme de Rosbourg dans la forêt. Elles y firent une charmante promenade et une grande provision de fraises et de noisettes ; elles cueillirent des bouquets de fleurs des bois, et, lorsqu'elles revinrent à la halte, leurs visages roses et épanouis et leur gaieté bruyante contrastaient avec la figure morne et triste de Sophie, qu'elles trouvèrent assise au pied d'un arbre, les yeux bouffis et l'air honteux.

« Ton âne ne voulait donc pas trotter, ma pauvre Sophie ? lui dit Camille d'un ton affectueux et en l'embrassant.

— J'ai été punie de mon sot égoïsme, ma bonne Camille ; aussi ai-je formé le projet de prolonger ma pénitence en reprenant le même âne pour revenir.

— Oh ! pour cela, non ; tu ne l'auras pas ! s'écria Madeleine : il est trop paresseux.

— Puisque c'est moi qui ai eu l'esprit de le choisir, dit Sophie avec gaieté, j'en porterai la peine jusqu'au bout. » Et Sophie, ranimée par cette résolution généreuse, reprit sa gaieté et se joignit à ses amies pour déballer les provisions, les placer sur l'herbe et préparer le déjeuner. Les appétits avaient été excités par la course ; on se mit à table en s'asseyant par terre et l'on entama d'abord un énorme pâté de lièvre, ensuite une daube à la gelée, puis des pommes de terre au sel, du jambon, des écrevisses, de la tourte aux prunes, et enfin du fromage et des fruits.

MARGUERITE

Quel bon déjeuner nous faisons ! Ces écrevisses sont excellentes.

SOPHIE

Et comme le pâté était bon !

CAMILLE

La tourte est délicieuse !

MADELEINE

J'avais une faim affreuse.

MADAME DE ROSBOURG

Veux-tu encore un peu de vin pour faire passer ton déjeuner ?

Je veux bien, maman. À votre santé ! »

Tous les enfants demandèrent du vin et burent à la santé de leurs mamans. Le repas terminé, on fit dans la forêt une nouvelle promenade, et cette fois en compagnie de Sophie.

Nicaise et son fils déjeunèrent à leur tour pendant cette promenade et rangèrent les restes du repas et de la vaisselle, qu'ils placèrent dans les paniers.

« Papa, dit le petit Nicaise, faut pas que mam'selle Camille ait le bourri *fainéant* de Mlle Sophie ; mettons-lui sur le dos le bât aux provisions et mettons la selle sur le bourri noir ; il n'est pas si méchant qu'il en a l'air ; je le connais, c'est un bon bourri.

— Fais, mon garçon, fais comme tu l'entends. »

Quand les enfants et leurs mamans revinrent, elles trouvèrent les ânes sellés, prêts à partir. Sophie se dirigeait vers son gris clair et fut surprise de lui voir le bât aux provisions. Nicaise lui expliqua que son garçon ne voulait pas que mam'selle Camille restât en arrière.

« Mais c'était mon âne, et pas celui de Camille.

— Faites excuse, mam'selle ; mam'selle Camille a dit à mon garçon que ce serait le sien pour revenir. Mais n'ayez pas peur, mam'selle, le bourri noir n'est pas méchant ; c'est un air qu'il a ; faut pas le craindre : il vous mènera bon train, allez. »

Sophie ne répliqua pas : dans son cœur, elle se comparait à Camille ; elle reconnaissait son infériorité ; elle demandait au bon Dieu de la rendre bonne comme ses amies, et ses réflexions devaient lui profiter pour l'avenir. Camille voulut lui donner son âne

mais Sophie ne voulut pas y consentir et sauta sur l'âne noir. Tous partirent au trot, puis au galop ; le retour fut plus gai encore que le départ, car Sophie ne resta pas en arrière. On rentra pour l'heure du dîner ; les enfants, enchantées de leur journée, remercièrent mille fois leurs mamans du plaisir qu'elles leur avaient procuré.

Mme de Fleurville ouvrit une lettre qu'on venait de lui remettre.

« Mes enfants, dit-elle, je vous annonce une heureuse nouvelle : votre oncle et votre tante de Rugès et votre oncle et votre tante de Traypi m'écrivent qu'ils viennent passer les vacances chez nous avec vos cousins Léon, Jean et Jacques ; ils seront ici après-demain.

— Quel bonheur ! s'écrièrent toutes les enfants ; quelles bonnes vacances nous allons passer ! »

Les vacances et les cousins arrivèrent peu de jours après. Le bonheur des enfants dura deux mois, pendant lesquels il se passa tant d'événements intéressants que ce même volume ne pourrait en contenir le récit. Mais j'espère bien pouvoir vous les raconter un jour[1].

1. Voyez *Les vacances* du même auteur.

Table

Composition MCP — Groupe Jouve — 45770 Saran
N° 011093M

hachette s'engage pour l'environnement en réduisant l'empreinte carbone de ses livres. Celle de cet exemplaire est de :
800 g éq. CO_2
Rendez-vous sur www.hachette-durable.fr

Imprimé en Roumanie par G. Canale & C. S.A.
Dépôt légal : mars 2012
Achevé d'imprimer : juillet 2015
20.1139.3/19 – ISBN 978-2-01-201139-7

Loi n° 49-956 du 16 juillet 1949
sur les publications destinées à la jeunesse